离月亮最近的地方

唐丽娟 著

四川美术出版社

图书在版编目（CIP）数据

离月亮最近的地方 / 唐丽娟著. -- 成都：四川美术出版社，2023.11
ISBN 978-7-5740-0767-3

Ⅰ.①离⋯ Ⅱ.①唐⋯ Ⅲ.①散文集-中国-当代
Ⅳ.①I267

中国国家版本馆CIP数据核字（2023）第209639号

书名题签　廖茂森

离月亮最近的地方
LI YUELIANG ZUIJIN DE DIFANG

唐丽娟　著

责任编辑　倪　瑶
责任校对　林雪红
责任印制　黎　伟
出版发行　四川美术出版社
地　　址　成都市锦江区工业园区三色路238号
设计制作　成都圣立文化传播有限公司
印　　刷　成都市兴雅致印务有限责任公司
成品尺寸　165mm×210mm
印　　张　7.5
字　　数　180千
图　　幅　120幅
版　　次　2023年11月第1版
印　　次　2023年11月第1次印刷
书　　号　ISBN 978-7-5740-0767-3
定　　价　83.00元

唐丽娟

1986年生，四川广元人，广元市政协委员、广元市利州区政协委员。一个忙于工作，忙于生活，忙于在文字中游走的女子。师范毕业后，教过书，做过乡镇干部，现供职于广元市农业农村局。中学时代开始文学创作，著有诗集《月吟千江》《大地书》。2012年加入四川省作家协会，曾获中国作家剑门关文学奖。

摄 影 （按姓氏笔画排序）

万　斌	王开晋	王德强	邓建新	左长周	刘永宏
杜清泉	李季军	何　生	张杰铭	张菊容	陈　平
陈加普	罗　斌	庞海波	郑加洪	赵　辉	祝　杰
谢　谦	蒙立波	雍　睿	魏海平		

视觉中的诗意

李怡

　　我加入民盟已经二十多年了，结识了不少才华横溢的盟内同志，受益良多。唐丽娟厚厚的书稿文如其名，清新隽永，浪漫如诗。

　　这是一本散文集，又配上了大量美丽的图片，图文并茂地展示出被人们誉为"离月亮最近的地方"——广元市利州区月坝村的山水、人文、风物之美，诗意盎然。

　　唐丽娟的文字浸润着深厚的乡土气息和故土深情。她生于利州，长于利州，从乡村学校，到乡镇政府，再到市级农业农村部门。她长期从事"三农"工作，对家乡深知熟谙，对农业深耕细作，对乡村深情厚谊。她的大部分作品主要描绘乡村景物，讲述人文风俗，反映村民生活，体恤人民情感，散发出浓厚的乡土气息，表达了深切的故土情怀。

　　文学创作一定要关注时代、紧跟时代，从前些年的脱贫攻坚，到如今全面转入推进乡村振兴，人的精神文化需求也会有更高的追求，作家要寻找到新的文学表达。唐丽娟的文字有着对古代诗词歌赋的良好传承，具有主观的"意"与客观的"象"相融合的写作特征，在真性情的抒写中蕴藏"诗意的理想"。其语言是抒情性的，充满想象力，简洁、细腻或奔放或含蓄的，呈现出中国古典传统美学的韵律美、意境美和哲理美。它会让你如在月色溶溶的静夜，倾听一条潺潺小溪的流淌；会让你看到奔跑的石头，微笑的花朵，与你打着招呼的蜂蝶……它们都充满生命的律动，赋予你一种非比寻常的感染力，有时又宛如一幅山水画，比起强烈明暗光影对比的热闹场面，低饱和度并且明度相近的色泽，更容易安抚、舒缓人的情绪，仿佛梦境一般，带你进入一种"有我之境"，是一种你想要触碰的情愫。

进入文字的世界，我们似乎获得了一次诗意的旅行，享受着风景的视觉盛宴。海拔1400米的月坝湿地，一个"离月亮最近的地方"，"湖岸全长5.2公里的生态步道和湿地栈道，穿插于麻柳树林、沼泽水草之间，串联起芦苇荡、花海、长亭、汀步……成为游客呼吸清新空气、亲近清澈湖水、享受清静环境的生态休闲空间，可在诗意徜徉里细品人间朝暮，体味时光清浅、岁月潋滟""行走于麻柳溪畔，看溪水静静流淌，虽无枯藤昏鸦，却有老树小桥、流水人家，一幅清幽古朴、静雅柔美的意境"。在黄蛟山，"与每一道山峦，每一条溪流，每一株草木，默然相爱，寂静欢喜""每一株草木都是路，通往寂静，也通往内心深处"。在近月湖畔，"等你浅吟轻唱，蒹葭苍苍，白露为霜。看皎皎如水的月光，缓缓漫过芦苇荡，在我白色的裙裾上泛起辉光""从《诗经》里走出来的荇菜，迎夏而立，点缀湖间，晶亮小巧的黄花亭亭立于水上"。这里也充满了民俗风情之美，千百年来，月坝村民依山而居、傍水而栖，镶嵌在青山绿水间的古街巷、古建筑，历经岁月的洗礼，留下斑驳的时光印记，演绎着历史和现代、自然和人文的结合。在罗家老街，"以温柔抵达，那些青瓦墙、石板路、土灶台，以及透着点点昏黄的木格花窗……在浮沉的光影里，舀一瓢清冽的月色煮酒"，默默诉说着岁月的沧桑。在麻柳古道，看千余株古麻柳树，"在岁月的风尘里，饮朝露，饮夕阳，饮溪水潺潺，饮鸟鸣声声，饮寒来暑往，饮古道上往来行人的驻足凝望"，平添了历史的厚重与底蕴。在启耕大典上，"共祈国泰民安、物阜民丰，唤醒埋藏在内心深处的理想生活"。在"一品九碗"宴里，"食一碗人间烟火，饮几杯人生起落"，触摸古朴的文明，轻嗅历史的沉香。

"要么读书，要么旅行，身体和灵魂总有一个在路上。"《离月亮最近的地方》给人留下深情的想象空间，唐丽娟的写作之旅，不断创新并自我超越，为我们带来更多诗意自然与风华时代的视觉呈现。让我们期待她写出更多更美的文字吧！

（**李怡**，民盟盟员，四川大学文学与新闻学院院长、教授、博士生导师，中国现代文学研究会副会长，中国鲁迅研究会基础教育分会会长，四川省作家协会副主席，中国作家协会会员。）

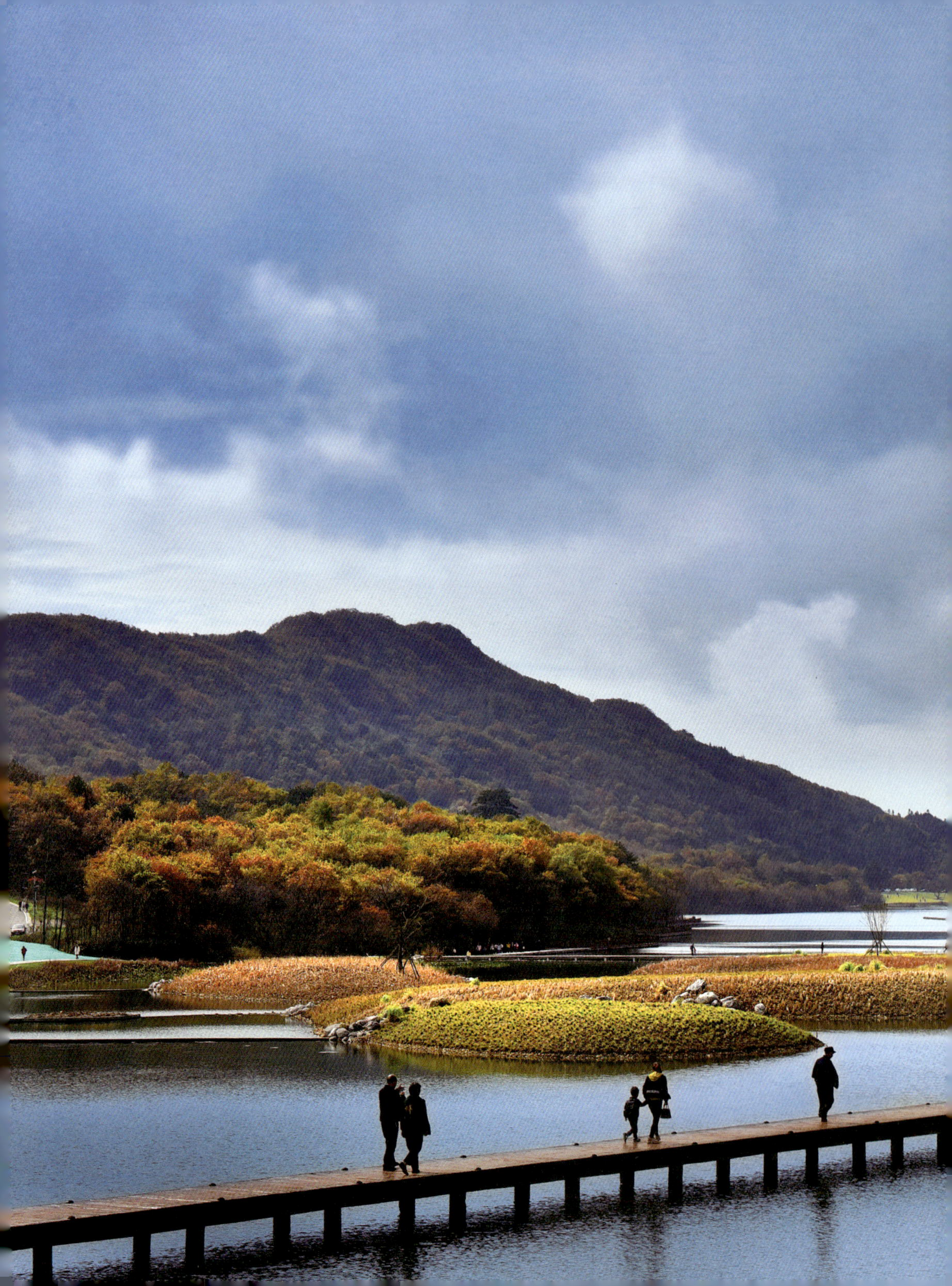

月坝湿地

近月湖

黄蛟山映月

目　录

第二辑　月夕花朝

第三辑　且听风吟

第四辑　至味清欢

第五辑　安之若宿

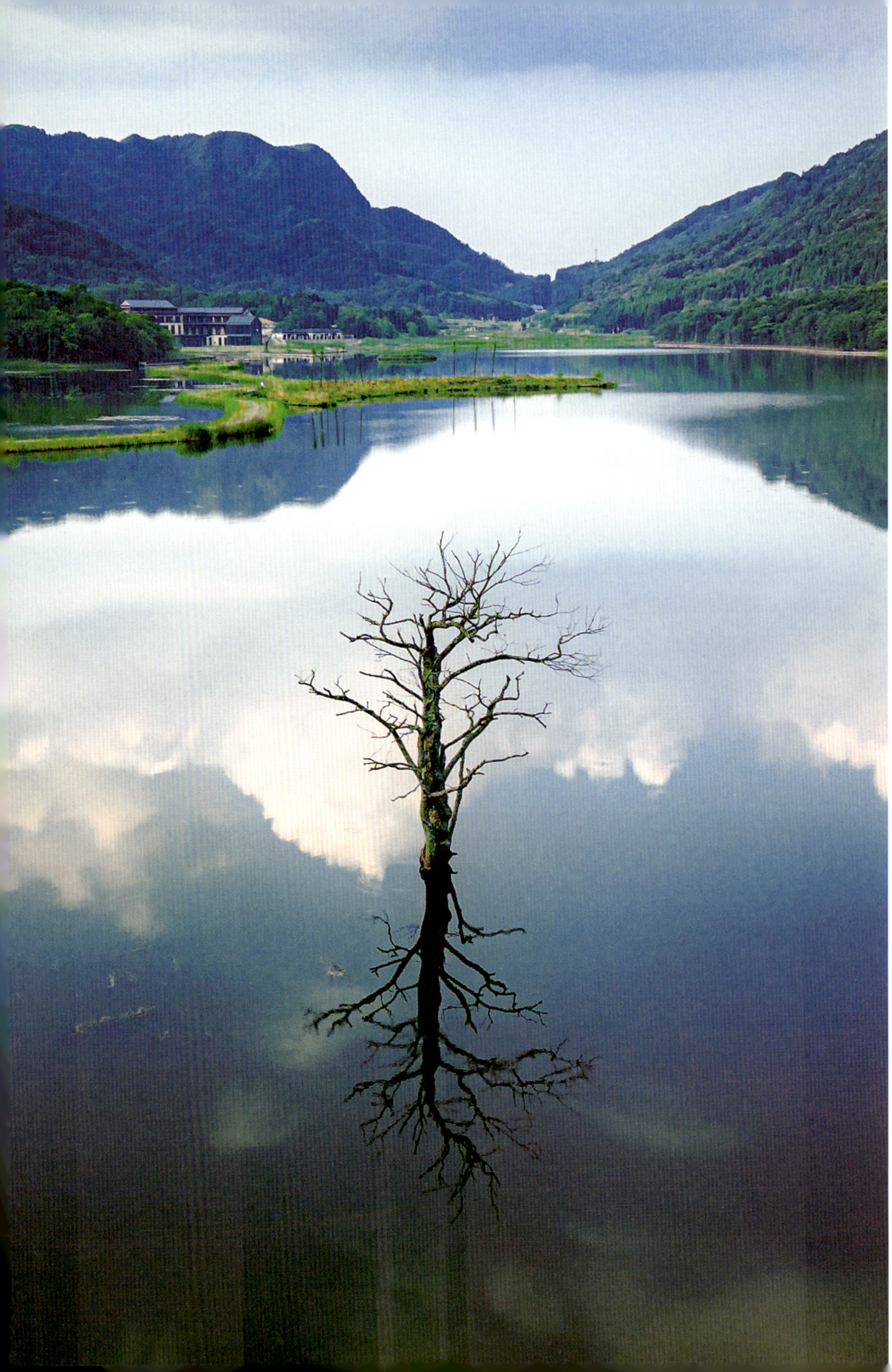

坝上风光

月坝，离月亮最近的地方

　　月坝——一个清朗宁静富有诗意的名字，因其四面环山、形如满月而得名。

　　它以1400米最适宜人居住的海拔和12平方公里高山湿地的独特资源，成为人间仙境，被誉为"离月亮最近的地方"。

　　有多少人，因为这个名字，不惜跋山涉水，也要一往情深去探寻，宛若奔赴一场前世未了的约定。

　　出广元城，向西40公里。

　　沿新修的"四好农村路"前行，沿途山野风光尽收眼底，惬意、舒适。两侧的绿植与花草搭配，别有一番风味。农家小院点缀着富有农业产业特色的墙绘，布置着小花园、小菜园，悠然自得。食用菌产业园、乡村驿站、休闲凉亭等景观节点，无不展示着乡村振兴的建设成果。农耕文化长廊、农民书屋、村史馆……这些人文历史也皆在沿线，让人一眼千年，尽览时代变迁。

从山脚的流水潺潺、鸟语花香，到山腰的古木参天、林深静谧，再到山顶的烟云缭绕、群山隐隐，走过一村又一村，翻过一山又一山，终于在一路花雨纷飞、绿影婆娑里，抵达了心心念念的世外仙乡。

———

月坝之美，美在山。

月坝的山，重峦叠嶂、巍峨壮丽，集奇峰、幽谷、石林、溶洞、暗河、天坑、清泉于一体，风光旖旎。

"月下蛟龙当空舞，坝中锦雉绕云飞。"月坝湿地西侧，1917米的黄蛟山倚天而立。

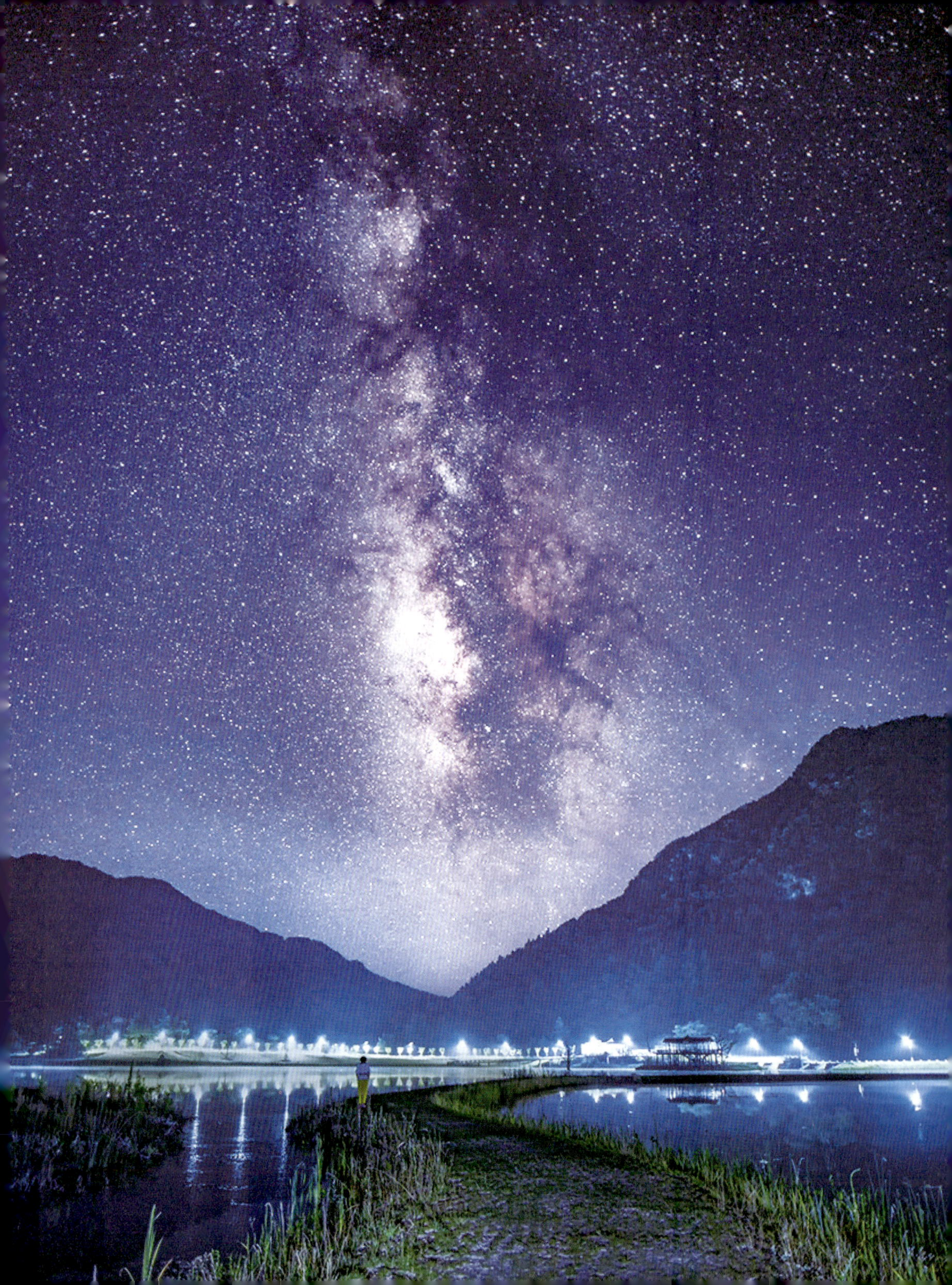

黄蛟山的得名颇具神话色彩。有相传黄蛟龙冒犯天条为百姓降雨被玉帝囚困，在挣扎腾空升起时突然天崩地裂，耸立起一座高山的故事；也有黄蛟龙被二郎神镇压此处，一对夫妇在此拜月祈福对其心生怜悯，祈求二郎神将其放出，蛟龙为感恩夫妇救命之恩，便留在此地化山为村民祈福的传说。后来人们为了纪念黄蛟龙，就将此山命名为黄蛟山。

沿着蜿蜒的小路向上攀爬，一路虫鸣鸟叫，绿叶葱茏，植被垂直带分明，有珙桐、麦吊云杉、小叶楠木及潘氏闭壳龟等珍稀动植物数百种，最吸引人的是2万余亩天然箬竹林海。

箬竹又名辽竹、粽巴叶，因其叶片宽大，月坝村民常采来清洗晾晒后包裹粽子，或是包装笋干、茶叶，具有防潮的作用。很早以前，也有人用其当房屋屋顶，经久耐用。据说箬竹60年才开一次花，开花后就会结出大麦粒一样的果实，去壳后可烧制成饭，也可磨粉制成糕点或汤圆，口感润滑，好似糯米。

　　在穿越箬竹林海时，有很长一段路，因箬竹长得十分旺盛，高达一米有余，人行其间，只能高举双手，露出脑袋，身子隐没其中，或是弯着腰手脚并用，一步一步蹒跚前行，周围环境幽深昏暗，身体与竹叶擦出沙沙声响，露水从竹叶上滴落下来，有种不见天日的感觉。

　　渐行渐高，终于登上山顶。在一片偌大无垠的竹海里，极目远眺可见天下第一关——剑门关，还可望见女皇故里——利州城。一望无际的竹海在山间蔓延，肆意生长，场景蔚为壮观，其间还有几处千姿百态的石林景观，与箬竹林海相映成趣。石竹共舞，荡漾其间，让人忍不住敞开胸怀。面朝山川湖海，深深呼吸一口，清新的空气便沁人肺腑，顿觉神清气爽，颇有"会当凌绝顶，一览众山小"的境界。

黄蛟山还有一个鲜为人知的秘密，就是山顶起伏处箬竹掩盖的几处天坑，洞穴深不可测，落石不见回响，据说那是小蛟龙经此进入白龙江游进东海的秘道。也有口口相传，黄蛟山的野生韭菜花堪称一绝，相传武则天称帝后，曾钦点黄蛟山韭花酱为御用之物。

历史也好，传说也罢，都足以说明月坝的山是块宝地。月坝村民从早年靠农耕和售卖山货养家糊口，到近年来发展生态康养旅游产业增收致富，"水风光储"登顶黄蛟山、国家储备林项目走进月坝、森林康养基础设施配套完善……生态优势资源相互融合、相互助力，"靠山吃山"正在为利州乃至全市积蓄发展力量，月坝绿水青山的"底色"更亮，金山银山的"成色"更足。

二

月坝之美，美在水。

月坝的水，澄澈空明，温婉灵秀，自大山深处流出，以优雅从容的姿态穿越翠峰、密林、茂竹，一路蜿蜒流淌，时隐时现，到达山谷低处便汇成一湖碧水。

"月映湖水静，月明湖影中。"隐匿于群山深处的近月湖犹如一面镜子，倒映着漫天云影，传说是西王母梳妆时不小心遗落在群山间的一颗明珠，像极了正月十五的月亮，其名亦有翘首可得月之意。

近月湖系高山草甸湿地，常年水面面积约66万平方米，沼泽地面积约180万平方米，湿地区域内水草丰茂、滩涂散落、鸟飞鱼跃，是四川省首个高山湿地保护小区。

"云青青兮欲雨，水澹澹兮生烟。"在一个有雾的清晨，漫步在湖畔，走过绿茵草坪，拂风细柳，空气中氤氲着湿润的气息，乳白色的轻烟在云端变换，落入水中镶嵌在青山碧水之间，时有鹭鸟掠过粼粼波光，在蒙蒙烟云里找寻着方向。

　　湖边漫步，最能滋长妙不可言的闲情。绿色的水藻软软地漫在水边，静谧的绿，沉淀的绿，流动的绿，空气里到处弥漫着湿甜的青草气息。

　　湖畔草坪是露营基地，山野、湖泊、鸟鸣、落霞、星空在此全部汇集一起。白日里可在湖畔慢行、戏水、追闹、留影，夜晚就在露营基地与星月同眠，回归自然，拥抱山川。

　　美的风景，从来都为懂得的人而生。一座名曰"近月亭"的亭台静静伫立水上，一条木质小桥巧妙地将亭与岸连接起来，把湖光山色点缀得分外绮丽，令人心动不已。也正是因了这份心动，才让每一个来亭里听风赏月的人眼眸中生出万种风情。

工作闲暇之余，来亭中小憩，邀一袭清风，倒满杯中的心事，然后一饮而尽。亦可效仿古人兰亭雅集，邀三五好友，不问因何感伤，不言为何惆怅，或酒或茶，品一盏陶然微醺。

从亭中望去，湖中生长着一株老树，遗世而独立，有些远离尘世喧嚣的含义，于是有人给它取了个名字"孤独的树"。它抬头望天，深情凝望着空中的明月，成了一棵网红树。每年都会有成千上万的游客特意前来，只为一睹它的容颜，想看看这棵孤独的在深夜守候心灵月亮的树。

　　湖畔还生长着另一株树，被人们称为"山楂树"，与湖中"孤独的树"不同，山楂树是爱情的象征。应了"山楂树之恋"的故事，常有成双成对的情侣新人在树的见证下，许下"山无棱，天地合，才敢与君绝"的海誓山盟。

　　爱心形状的湖心岛，从高空俯瞰，或是乘着小舟摇曳而近，又是另一番风景落入眼前。当月亮升起时，湖心岛又形似湖中的一轮皎月，晚风沉醉了倩影，浪漫而多情。

湖岸全长5.2公里的生态步道和湿地栈道穿插于麻柳树林、沼泽水草之间，串联起芦苇荡、花海、长亭、汀步……成为游客呼吸清新空气、亲近清澈湖水、享受清静环境的生态休闲空间，可在诗意里徜徉，细品人间朝暮，体味时光清浅、岁月潋滟。

　　想要全身心地慢下来、静下来，须在湖畔住下来。在日升月落里，看白鹭展翅、沙鸥翔集，看晨光熹微、日光冉冉，直到悄然染上暮色，真是瞬息万变，一眼万年。

　　芦苇微微，随风荡漾。

　　在离月亮最近的地方，牵一只手，就是有情人的月下老人；捧一本书，就是东方的瓦尔登湖；一觉睡到自然醒，就是国人的戴维营。

三

　　月坝之美，美在月。

　　月坝的月，大如竹筛，如玉盘，如碧华，如清波，寄托着人们无限的遐思，以及对未来美好生活的向往。

　　月坝村民自古以来崇拜月亮，常年流传着中秋之夜祭月、拜月和赏月的习俗，月亮也自然成了人们渴望团聚、康乐和幸福的图腾信仰。

　　相传农历八月十五为月神太阴娘娘和月下老人的诞辰，当夜幕降临，人们就会走出屋子，在院子里摆上桌子，放上

月饼、核桃、花生和瓜果等供品，点上香烛，全家人依次三鞠躬拜祭月神，祈求月月安康，幸福吉祥。

拜祭仪式结束后，就由当家主妇切开团圆月饼，分享给每一个家庭成员。一家人团聚在一起，吃着月饼，赏着月亮，畅谈生活，享受着天伦之乐，陶醉在一年中最明亮的月光里。

月饼有很多种类，酥皮月饼、冰皮月饼最是常见，馅料更是美味，有豆沙、五仁、蛋黄和水果味的，但最具有特色也必不可少的还是月坝的"土月饼"——火烧馍，不论是甜味的还是咸味的，都是月坝游子外出必带的乡愁美食，更是归乡后第一时间想要品尝的家乡味道。

"月上柳梢头，人约黄昏后。"在月坝的中秋习俗中，热恋的青年男女，也常常选择在中秋之夜，月下盟誓，拜月定情，祈求月下老人赐予姻缘，喜结连理，百年好合。还有如花少女倾慕月中嫦娥的美貌，拜月以期望"貌似嫦娥，面如皓月"。

中秋之夜，月色如水，宛若不老的红颜，聆听过无数人生命历程中的跌宕和起伏，也见证了许多才子佳人的痴情和怨嗔。

风清露白时，明月高悬于空中，就着遥远的岁月，从千年泛黄的历史风云里走来，漫过山间岩石缝隙里青湿的苔藓，落在蒹葭苍苍的湖面，落在每一扇等待游子归乡的窗沿上，铺就了一幅皓月清辉的唯美画卷。

徜徉月下，折一枝丹桂，举一杯清酒，看明亮而柔和的月光，如水般落在山峦、湖泊、草木上，落在黛瓦、青墙、屋檐上，缓缓牵引出前世今生的记忆，如《月之故乡》歌曲中唱的那样，"天上一个月亮，水里一个月亮，天上的月亮在水里，水里的月亮在天上，抬头看天上，低头思故乡……"

"梨花院落溶溶月，柳絮池塘淡淡风。"多少年了，我们走过不同的地方，看过不同的月色，心所神牵的，还是故乡的那轮明月。浅浅的风，携着一片月光，掠过屋畔的竹林，像长了翅膀，飞舞起来，点点滴滴，落在亲人的面庞，也落在我们心上。

"千江有水千江月，万里无云万里天。"要想真正沉沦在月亮的诗意里，一定要去往湖畔的花前月下大酒店，在以农历十二个月别称命名的房间里，我们不只可以遇见"桃月""杏月""荷月"，还可遇见"兰月""菊月""梅月"……每一处居所，每一个小院，都处于山水之间，隐于浮华之外。

"当月亮照回湖心，野鹤奔向闲云，我就步入你。"将一枚月亮揉碎，化作万千星辰，让它洒落在你的眼眸，从此在这星辉斑斓里放歌。

四

月坝之美，美在人。

月坝的人，勤劳质朴，务实奋进，凭着艰苦奋斗、开拓创新的进取精神，让昔日的贫困山村变身为诗画田园、幸福家园。

昔日的月坝，因地处偏僻，四周山麓高耸，交通闭塞，村民世世代代靠天吃饭，靠地打粮，一冬三月只能吃土豆，经济收入极低。"月坝李子坝，苞谷纽子大。吃的洋芋果，烤的疙瘩火。住的茅草窝，出门就爬坡……"一首世代传唱的山歌，道出几多艰辛与无奈。

到了20世纪90年代，随着城镇化浪潮的推进，村里超过八成的青壮年都选择了外出务工谋生，留下的多是老人和孩童，一片凋敝孤寂的景象。月坝良好的生态资源依旧是"养在深闺人未识"，村民长期挣扎在贫困线上。

"战天斗地脱穷帽，不等不靠奔小康。" 2015年，脱贫攻坚的号角全面吹响。广元市利州区本着"把农村建设得更像农村"的理念，提出建设"月坝特色康养旅游小镇"的新思路，像一道春雷炸响，让众多在外的游子毅然回到家乡，成为返乡创业的致富带头人、村级后备干部、入党积极分子，带动村民增收致富。

2016年，月坝开始了"脱胎换骨"之变，全长30余公里的"宝七路"大道通行，将原来走出大山需要两个半小时的车程，缩短到半个小时，彻底告别了"行路难"历史。隐于大山深处的月坝终于撩开了面纱，游客纷至沓来，"吃住游购娱"一体化的康养旅游规划愿景逐步变为实景。

精准扶贫，精准施策，不落一户一人。月坝村民在地方党委政府的带领下，筑桥修路，扮靓民宿，打造游客中心……凭着得天独厚的自然资源优势，月坝逐渐"显山露水"，推出"游古村、揽月坝、探溶洞、踏青流、享田园"乡村旅游产品，形成"既有山水优势，又有文化底蕴，更有产业发展"的良好局面，逐步摆脱了守着金山银山过穷日子的困境，在全市率先实现全部脱贫。

以"农"兴乡村，以"文"促发展，以"旅"期未来。月坝人秉持回报桑梓的赤子之心，凭着一股"不服输、敢争先"的精气神，用勤勉苦干、务实奋进谱写新时代宜居宜业和美乡村建设的华美乐章，吸引了40余名创业者带着资金和技术在月坝扎根下来。

"月坝旅游度假区"以山、谷、园、湖为底色，融入"精品酒店、文研基地、民俗艺术馆"等元素，点燃乡村业态融合创新的火苗；"流转梯田＋有机稻米"，实现乡村农旅融合新体验；"香菇种植＋跑山鸡、跑山猪＋电商"，推动农副产品实现"云销售"；"合作社＋旅游＋投资"，以"新产业"助推村民"新就业"……精品民宿、特色餐饮、亲子乐园等文旅项目的实施，让村里的人气渐涨，"旅游示范户"也如雨后春笋。全村共发展农家乐20余家，150余名村民直接从事旅游服务，年接待游客16万人，乡村旅游年收入超3000万元，村集体经济收入突破300万元。

中国美丽休闲乡村、中国传统村落、全国乡村旅游重点村、全国乡村治理示范村、国家森林乡村、全省实施乡村振兴战略工作示范村、全省天府旅游名村、省级乡村文化振兴样板村、全省发展集体经济促进共同富裕十强村……

月坝将美丽生态风光融入村庄建设，变资源优势为经济发展优势，不仅让月坝人端上了乡村旅游的"金饭碗"，生活幸福有奔头，也辟出了一条农文旅融合发展的乡村振兴新路径。

"月坝样本"只是广元市利州区发展全域旅游，加快建设大蜀道国际文化旅游目的地和康养度假胜地游客集散消费中心的一个缩影。在全面推进乡村振兴的新征程上，利州区步伐坚定、目光深远，正以农文旅融合为"引爆点"，加快推进乡村产业全链融合发展，精心打造农业高质高效的品质田园、乡村宜居宜业的美丽家园、生活充实富足的幸福乐园，努力实现乡村让人更向往、城市因乡村更美好的愿景。

"望得见山，看得见水，记得住乡愁。"月亮之下，千年月坝，活力澎湃，未来可期。

月坝：内心的火，沉水一万年不灭

今夜，我想在黄蛟山和一块岩石说说话

海拔1917米。

这是离月亮最近的距离。

当夜色掩去最后一缕烟云，在黄蛟山，我想和一块岩石说说话。

像孤单的鸟儿，瞬间被黛色的夜幕笼罩。

出于茫然，我怜悯它。

它迎风摇头：你不懂！我的身下，是整片大地，是承载万物的根基。

植物扎根泥土，鸟雀在林间栖居。木竹用香气，肆意渲染它生命的绿。

而你就这样，与每一道山

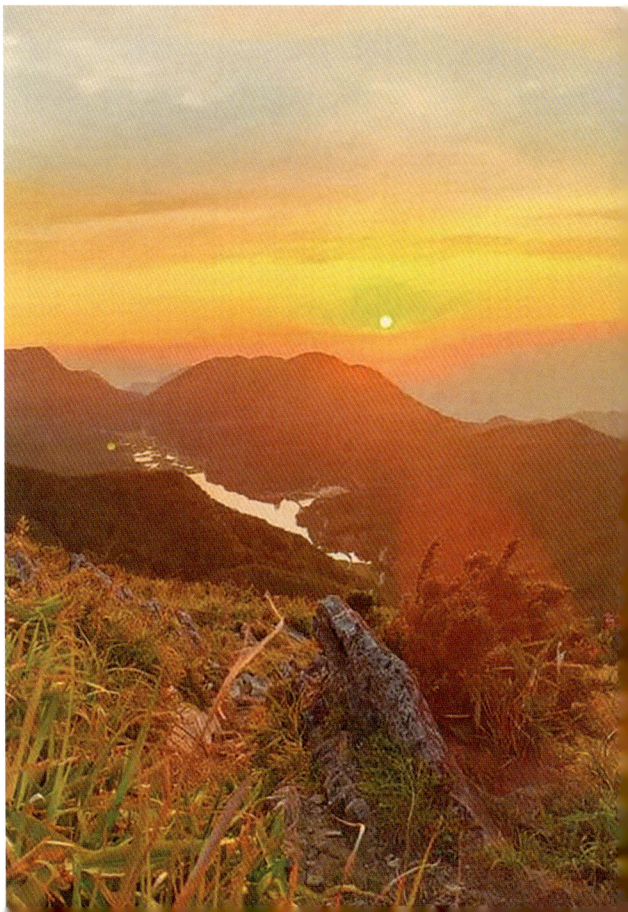

峦，每一条溪流，每一株草木，默然相爱，寂静欢喜。

在黄蛟山，穿过竹林的风声那么响，每一段时光都在风声里日渐苍老，可你依旧是原来的模样。

渡己，渡人，渡我们尘世里的爱恨情仇。

我想和你说说话，但你依旧缄默不语。

时光在暗处生出苍苔，多么像我柔软的诗句。

我伸出手，轻轻触摸你，仿佛触摸到了风中的岁月，触摸到了月坝2300年的文明和根骨。

在这里，我可以宁静地眷顾和爱。

爱有时，比一块岩石还坚固，比天空还辽阔。

今夜，我想在月华廊桥里邂逅一束光

像一只金色的蝴蝶，如梦般栖息在罗家老街的领口上。

在经年累月的时光里，我见过它所有的美。

它的身下，是潺潺流淌的溪水，几棵麻柳树在水中留下寂寞稀疏的倒影。

明月下沉的时候，溪水一涨再涨。

远方的大地是它停憩的杯盏，里面盛着风雨、雷电。

村庄是它梦中的乡愁，里面盛满稻香、暮色。

来来往往的人，在桥的两岸，感悟生命，了解疾苦，也了解幸福。

那些月光的白是年少时的底色。

如今，它隐匿于山水。

当温柔的夜风袭来，在薄雾蒙蒙的岸边，守着黑夜和静默的村庄，替一尾鱼疗伤，用银针和汤药喂养一段迟暮的时光。

它说，爱像一朵花，并不适合隐喻，只需顺其自然地开放。

它还说，爱是用生命燃烧的火，即使熄灭也是人间最好的善良，是一束光点亮另一束光。

在这里，我可以慢下来做一个拾光者，聆听耳畔的风，让所有的事物都在缓慢中后退。

直到，所有的蔷薇绽放。

今夜，我想在罗家老街的夜色里煮酒望月

今夜，我想在罗家老街的夜色里煮酒望月，不问青天，青天太高了，不适合当酒杯。

那就用月亮吧，还能酿出桂花酒。

趁着夜色微醺，把自己揉成风，穿越花香四溢的小路，深入老街的巷子里，再翻开岁月栖息的深闺。

就这样以温柔抵达，那些青瓦墙、石板路、土灶台，以及透着点点昏黄的木格花窗……

在浮沉的光影里，舀一瓢清冽的月色煮酒。

在煮酒前，我净手焚香，然后捧起《漱玉词》，在那些哀艳的文字里，临摹一朵莲花的媚态。

当夜幕低垂，绿柳与河水低语。

一颗孤独的小星，用清冷的眼神打量人世间的悲欢离合。

戏台上，生、旦、净、末、丑粉墨登场。

我与影子举杯而立，一杯敬相遇，一杯敬过往，一杯敬故乡，一杯敬远方。

在这里，我可以醉饮一百年，甚至更久，可以和虚无共爱长夜。

内心的火，沉水一万年不灭。

今夜，我想在近月湖畔成为那棵有故事的树

在近月湖畔，我想成为那棵有故事的树。

告诉你，有些人，有些事，无须用言语去表达。

我凝望过湖水的宁静，那里有你伫立的身影。

我愿化身为树，为你滞留空旷之地，在期待中伸展枝叶。

当你走近，我就采撷一缕月光，洒满你走过的路。

偶尔爱自己和阴影，时而深邃时而清浅，时而明媚时而忧伤。

我想我可以忍住悲伤。

你看，月光落在湖面上，多像我们的初遇。

我们相互倾诉欢喜。你裁剪月色，像裁剪秋水。

我无力挽留，如风之絮语，一去不返又长流不息。

　　我喜欢你，犹如这花开彼岸，一生只开一次就好。

　　当你缓缓走过，偶尔抬头，我就用零落的花瓣，为你装饰了这走过的路。

　　在这里，我坚信每棵树都有故事，每条路都能走到尽头。

　　在这里，我偏执于湖水里的明月，它承载着打满补丁的相思。

　　在这里，我曾设想你从深夜来临，我们无法解释也无须解释。

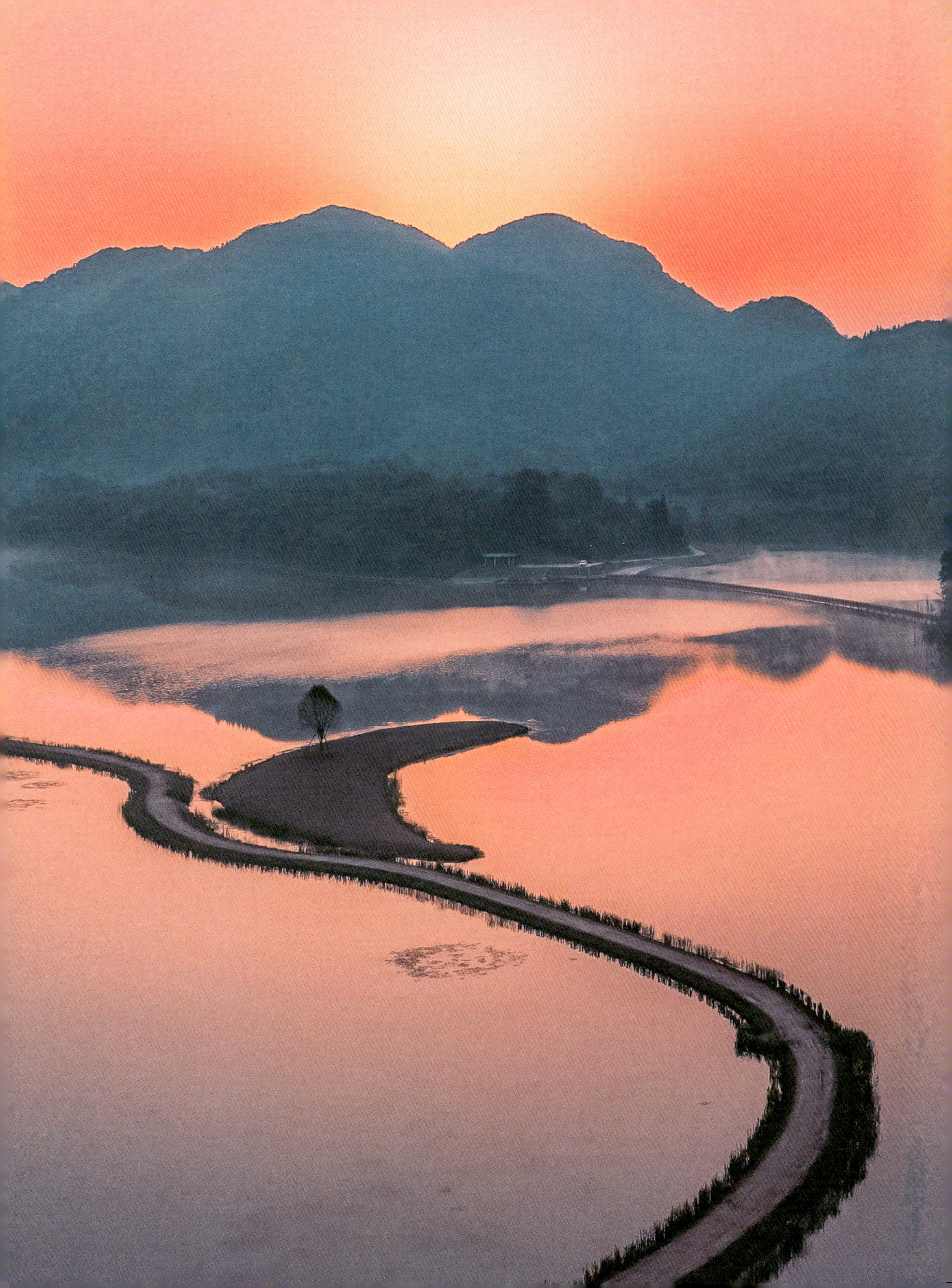

黄蛟山：山间光阴斑驳，适合朝思暮想

再高的山，都有路可走

当一阵风把万顷竹海吹开一条缝隙，我就沿着系在心头的小路，翻山越岭去见你。

行走在山间，听草木与风絮语，探知一段有关蛟龙庇佑村庄的传说。

那些传说的真伪，我已无心过问。

我要探寻的，只是你专注眼神里静谧的角落。

是的，这就是我想要的全部。

山间光阴斑驳，适合朝思暮想。

我愿化身青鸟，为你衔枝做伴。

爱或不爱，都要浅吟低唱。

与草木对话，让季节牵引，爱这巍峨苍翠，直到地老天荒。

应该有一段如烟的往事，遗忘在山野。

还有一些清浅的时光，需要温柔地想起。

而此刻，我唯一想做的，就是去见你。

去见你，每一株草木都是路，通往寂静，也通往内心深处。

望月的岩石，太深情

望月千年。

痴情的双眼，早已在岁月的沧桑里干涸，如今长出了萋萋芳草。

望月的岩石，内心最热闹，也最孤独。

它望着月亮，从山间升起，绕过山川、河流，绕过清风、虫鸣，直到定格在山顶，停下来歇息，随即又赶路。

它望着月亮，像望着一个过客，似乎离它很近，又似乎遥不可及。

当月光落下来，它就采撷一缕烟云，在空中将她高高举起。

然后，依旧伫立那里，追望她的天路。

守候千年。情不为因果，注定相逢即别离。

望月的岩石，在离月亮最近的地方，静默于古老的风雨，任时光在它身上雕刻出万水千山。

请你千万，千万不要和你爱的人，在经过它时高声言语，它会禁不住泪眼迷离。

竹林，离我最近的是风声

被风怀想的箬竹，终于肯安定下灵魂。

在这里相互簇拥，将风声摇曳得一阵高过一阵。

吹过竹林的风，自故乡而来。

它们穿越村庄、穿越河流，在漫山的竹林里，弥散着带着泥土气息的乡音。

一只鸟不善言辞，被密集的乡音淹没得快要窒息。

它快速穿越竹林的风声，还有四季，以及你的给予。

你挥手潇洒地告别，让我爱上寂寞里荒芜的背影，包括无时间、无名的永恒。

余晖从你的眼里滑下山坡，让风声低处的湖泊，寂静百倍增长。

暮色开始四合，鸟雀的歌声渐渐平息。

他们在风声里睡去，而危机四伏的思想，成群或者孤独，正如梦境般深沉，群山渐渐消隐。

天坑，是不可言说的秘密

山顶起伏的箬竹身下，有一个鲜为人知的秘密。

深不见底的天坑，听不见石头跌落的回响。

大地裂开一道幽深的缝隙，不只是蛟龙经白龙江入东海的密径，更是感动于流水和岩石的爱情。

没有人知道，当所有的石头与水下沉，收紧暗夜的骨骼，就能打开一座山隐秘的疼痛。

它匿身于草木，蛊惑世间痴人的眼睛，说能丈量人心的距离，亦能看清大地的谜底。

于是，竹林把风声送过来，鸟雀把眷恋送过来，我们也不请自来。

那些执着的相思，早已在山间生锈。

若跌入天坑溅起水花，会不会打湿你的眼睛。

近月湖：

等一树花开，
盼一人归来

仲夏的晚风，从心头吹过

最迷人是仲夏的晚风，轻触一朵水莲花不胜凉风的娇羞，点燃你眼里小小的焰火。

像夜色下静谧的湖水，隐在枝叶里的鸟雀，以及萋萋碧草里偶尔传来的几声虫鸣，一切的更迭悄无声息，静谧而安详。

在这里，什么都可以带走，什么都可以忘却，而昨夜徘徊在窗前的，仍是那轮散发着清辉的月亮。

掬一捧清清的湖水，吻一吻手中的月亮。

今夜，盛开的花，流动的云，缓缓的风，都是湖畔最朴素惬意的生活。

把那些儿女情长的往昔，向着浮光掠影的湖面推开，向着夜色中渴盼的目光推开，把岁月化成歌，留给山河……

仲夏的晚风，从心头吹过。

等一个人来，等一朵花开，等水里的月亮爬上来。

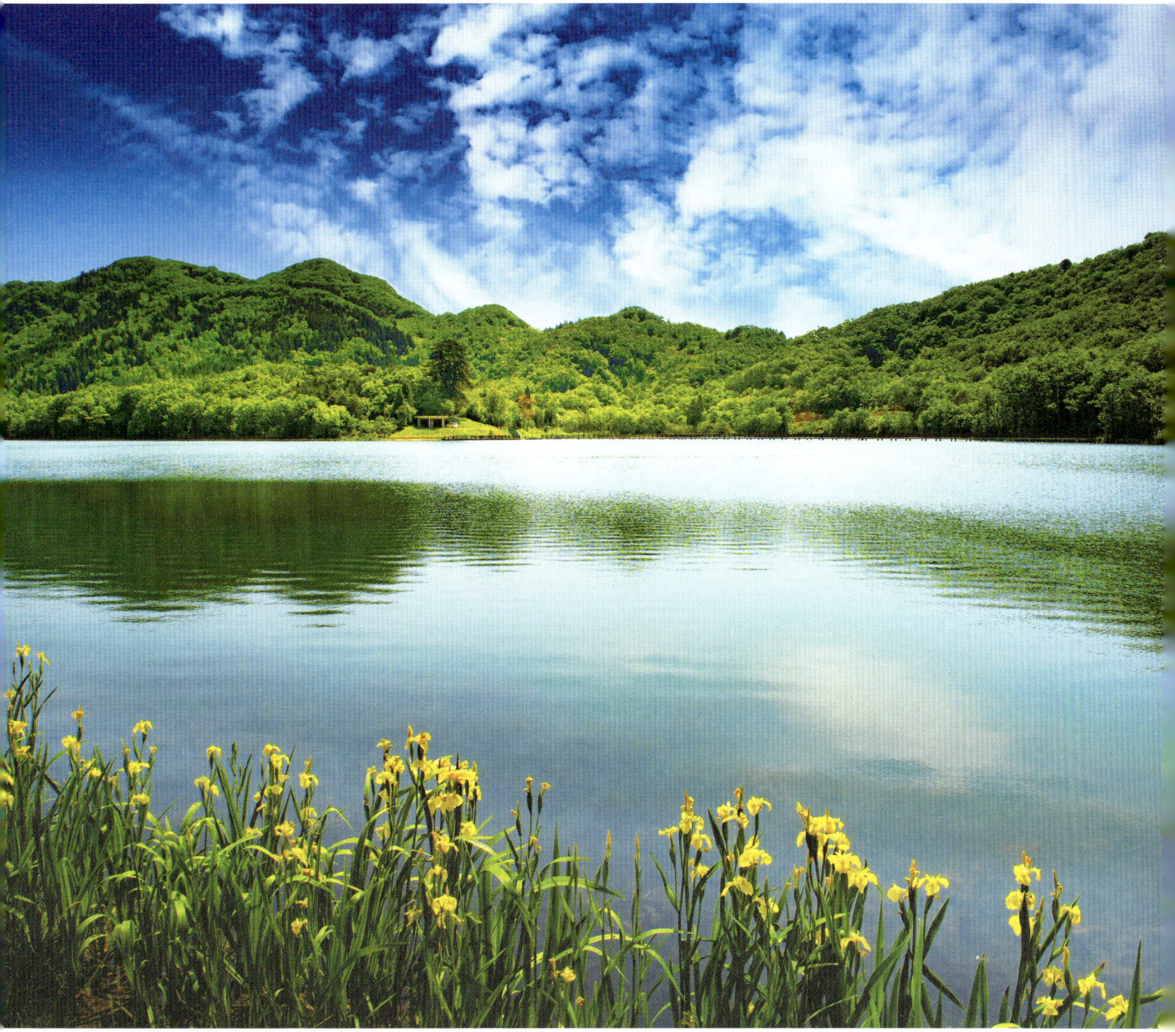

山楂树之恋，早已感人至深

岁月的颜色，不是枝头绚烂的春天，也不是落叶凋零的深秋。

最初的遇见，终输于时间。

最后的别离，终在最深的红尘里思念。

唯愿，行遍万水千山，仍能在蓦然回首的光影里与你相逢。

只是，一束光有多远啊，是在眼前，在天边，在云端，还是在山上那些缄默不语的岩石之间？

山楂树迎风伸展的枝叶，用最红硕的花朵诠释初见的美好，用最忧伤的言语铺陈最哀婉的相思，像极了爱情的模样。

一段深沉的爱恋，终落入华年的诗行。

在一场梦里，我不敢眨眼，怕错失了乘载你的兰舟。

在一场守望里，我不敢呼吸，怕惊扰了你匆匆的步履……

山楂树之恋，早已感人至深。

等一树花开，等清风徐来，等你含笑向我走来。

一片云，偶尔投入你的波心

在湖畔，听一朵云。这么久了，如此宁静。

一些声音，像能飞起来的事物。

一株枯木，或往事，或慢慢移动的光影，用于释然，用于回到柔软。

仿佛一颗石子沉入湖底，只是一个假象；扑通溅起的水花，只是一个谎言。

而后，继续在追逐日月星辰里，把余生馈赠。

现在，那颗石子静静躺在水底，像永远也不会发作的心痛。

生命原本就只是长长短短的过程，我们匆匆相逢又寂然而去。

好比故乡的山水，一株植物的茁壮生长，还有一些花朵的悄然绽放。

而我所要叙述和赞美的，不只是明月和诗歌，还有湖水里微小而不动声色的良善。

一片云偶尔投入你的波心。

等一个人来，你无须欢喜，转瞬已消逝了踪影。

心之归处，不只"正月十五"

偎依在山脚的湖泊，多么像一片不愿离去的云，凝望着月亮的圆缺，温软而深情。

十五的月亮最圆。在湖畔看到取名"正月十五"的民宿，瞬间心生欢喜，仿佛来到这里，就回到了故乡。

山外有山，故乡之外再无故乡。

若能在这里慢下来，就会有山间的风吹来湖水的气息，就会有鸟儿渐渐上升为一朵朵白云，就会在清晨看着你把目光依次落在院子里的石板路、篱笆、菜畦，最后是霞光里的山峦和云水里的湖泊……

与你，慢煮光阴。

隔山，隔水，隔红尘。

那些细碎的时光，就是你想要的诗和远方。

心之归处，不只"正月十五"。

久坐而不去，等一树花开，盼一人归来。

清风洞，好一个清风仙境

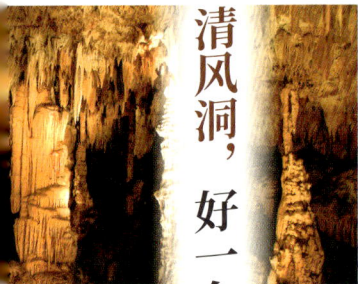

清风洞，取"清风徐徐"之意，享"天然空调"美誉。

炎炎夏日，与三五好友相约成行，奔之而去。

车出利州城区，近宝轮镇，缘山而行，抵白朝乡月坝村，沿途青山含翠，行云缓缓，田园人家，鸟语蝉鸣，甚是醉人。

行至距月坝罗家老街一公里处，路边数米处一块石碑上"清风洞"三个大字赫然映入眼帘，遂靠边停车，迫不及待地直奔洞口。

"终于见着传说中的清风洞了！"

"真是太凉爽、太神奇、太不可思议了！"

一扇老式铁栅栏门嵌在巨大的山岩上，将洞口内外分隔开来，徐徐清风从洞中吹来，四周的树叶、藤蔓沙沙作响，"清风洞"果真名不虚传。

清风洞中的风到底是如何形成的呢？

从洞口向里望去，洞中仍然保留着未经开发的天然模样，我们请来村上的管理人员带我们到洞内窥探一二。

　　据介绍，清风洞以风取胜，系"昭化八景"之"龙湫古墨"罗家溶洞群重要景观之一，属距今亿万年前形成的喀斯特溶洞。清风洞长约50公里，因洞深650米处有一落差11.5米、宽8.3米左右的暗河瀑布，常年水流不息，加之与月坝相邻的青川县荞鱼洞相通，洞内通风良好，冬暖夏凉，四季恒温在14℃左右，即使站在洞口10余米处，也能感受到清风拂面，"清风洞"也因此而得名。

也有传说，九天玄女曾在深山降服一条蛟龙，将其带至此地，并传授其道家心法，助其去邪归正、修身悟道。后来，蛟龙在此得道成仙，并仙居于此，洞中吹出的凉风就是那条蛟龙呼出的气息，这里也就成了善男信女们祈福的洞天福地。

还有听老一辈人讲述，抗战年代这里未通公路，洞口隐蔽，曾一度成为村民躲避战乱或保存粮食、窖藏酒酿的绝佳场所。如今，洞口的铁门就镶嵌在当年村民用山石垒起的石壁上。

从洞口向里走去，虽不见蛟龙身影，却随着洞穴的深入，恍若走进了地心秘境，大量形态各异、惟妙惟肖的石钟乳、石笋、石柱、石幔逐渐呈现在眼前，或纤巧精细，或重叠交错，琳琅满目，妙趣横溢。

飞来石、藏龙卧虎、玉石开花、清明上河图、鹬蚌相争、蟠桃会……随着管理人员对洞内景观的讲解，我们连连感慨，这简直就是大自然的鬼斧神工，无一不是自然瑰宝。

在忽明忽暗的灯光映照下，洞深处越发显得神秘，令人充满好奇，却又不敢再贸然深入一探究竟，只能驻足遥想亿万年前，沧海桑田，浮世变迁，生命几经灭绝轮回，溶洞却一点一滴慢慢生长。这该是怎样一个不可思议的浩大工程呀！

与洞中的钟乳石相视而立，仿佛与亿万年前的光阴对话。时间有模样吗？时间从哪儿来又到哪儿去了？看着那些滴水成石的痕迹，这些问题就不再是问题，因为时间就矗立在眼前。

岁月总是无声地走过，直到生命的尽头，或许并不能留下什么，而石头却能深深体会到时间的流逝，并诉说着沧桑的箴言。

如今，我们能在这里，初见一眼，望断亿年，也算是罕世奇缘。

在洞中蜿蜒穿行，凉风习习，清爽宜人。"冬暖夏凉"的洞穴因空气在岩石间往返循环，含有的尘埃微粒和病菌很少，远比其他地方的空气更为纯净，加之富含大量被称为"空气维生素"和"长寿素"的负氧离子，是名副其实的"天然氧吧"和"天然疗养院"。

同时，溶洞还拥有强大的地磁，可以平衡人体机能，促进新陈代谢，改善心肌功能，提高免疫力，养身又养心，想必这就是近年来洞穴养生在很多地方大行其道的原因吧。

生命从自然中来，就要回到自然中去，拥抱自然，自由呼吸，才能颐养身心，延年益寿。当我们拥有良好的生活习惯，再加上优良的自然生态环境，身心愉悦之际，自然福寿绵延。

恋恋不舍地出了清风洞，继续探访隐于月坝山水里的其他秘境，没有骄阳似火，唯有凉意满怀，尽享天然空调、生态氧吧的舒适清凉。

麻柳溪，有枝可栖便知足

依山而生，傍水而长。

一株接一株的麻柳古树，自唐风遗韵中走来，斜倚在溪水边，摆出姿态万千，当真是一道绝美的风景。

行走于麻柳溪畔，看溪水静静流淌，那么温顺，那么慈悲。虽无枯藤昏鸦，却有老树小桥、流水人家，一幅清幽古朴、静雅柔美的意境。

在这里，树龄达500年以上的古麻柳树随处可见，它们历经沧桑浮沉，繁茂荣枯，以及古今事，不老天地心。

千余株古麻柳树，绵延数公里，在岁月的风尘里，饮朝露，饮夕阳，饮溪水潺潺，饮鸟鸣声声，饮寒来暑往，饮古道上往来行人的驻足凝望，回眸时含笑，垂首时拈花，一颦一顾都是与岁月的柔情对白。

那些苍老、遒劲的枝干，支撑起一个又一个久远的年代，默默诉说着曾经的沧桑。可有人知晓，它们细小的叶片里，拥有着博大的胸怀，愿为荫蔽的古老村庄，默默守候一生，奉献一生。

人不负青山，青山定不负人。麻柳溪也曾山洪泛滥、水土流失、骤雨不歇，也曾房毁树倒、枯木满溪、断绝行人，但经过山、水、田、林、湖综合整治，终是青山不改，绿水长流。

一座跨溪而建的木质小桥，桥身秀丽坚实，与参天古木遥相呼应，倒映在水里流淌无声，清澈纯净，水中游鱼、细石清晰可见，岸边白鹭点点，悠然栖息。

桥上有人倚栏而望，眼底似有浅浅的惆怅，像极了卞之琳《断章》中那个站在桥上看风景的女子。

看与被看，偶然的遇见，只是时光里的惊鸿一瞥，现实中并没有留下两人邂逅的痕迹，因而她又怎知桥边小楼里看风景的人呢？

桥下一湾溪水，自山上溶洞流出，沿途经过密林、奇石、浅潭、幽谷，长流不息。清晨清寂寒凉、微带霜意，白日绿波盈盈、水流舒缓，夜晚月白风清、树影摇曳。还有柔柔的水草，在年年岁岁里随波飘摇，不知向谁召唤，亦不知召唤什么。

如今，麻柳溪的古树发新枝，有人坚守着不肯离去，有人为了前程远走他乡，但不论是走，还是留，它都用一如往昔的温婉，隐逸于故乡的山水。

溪畔，望月小院、桂花小院、麻柳小院……一间间民宿庭院深深、麻柳堆烟。身段曼妙的女子身着青衣，莲步轻缓。谁的蛾眉细长，黛若远山，染尽了月色里的那一点朱颜。屋檐下风声无言，燕在呢喃，忽近忽远。

人生天地间，忽如远行客。时光如白驹过隙，我们亦只是天地间的一粒尘埃，往来于红尘俗世，有枝可栖便知足。

或许吧，在麻柳溪，会有一处清凉之所，容你我栖息。

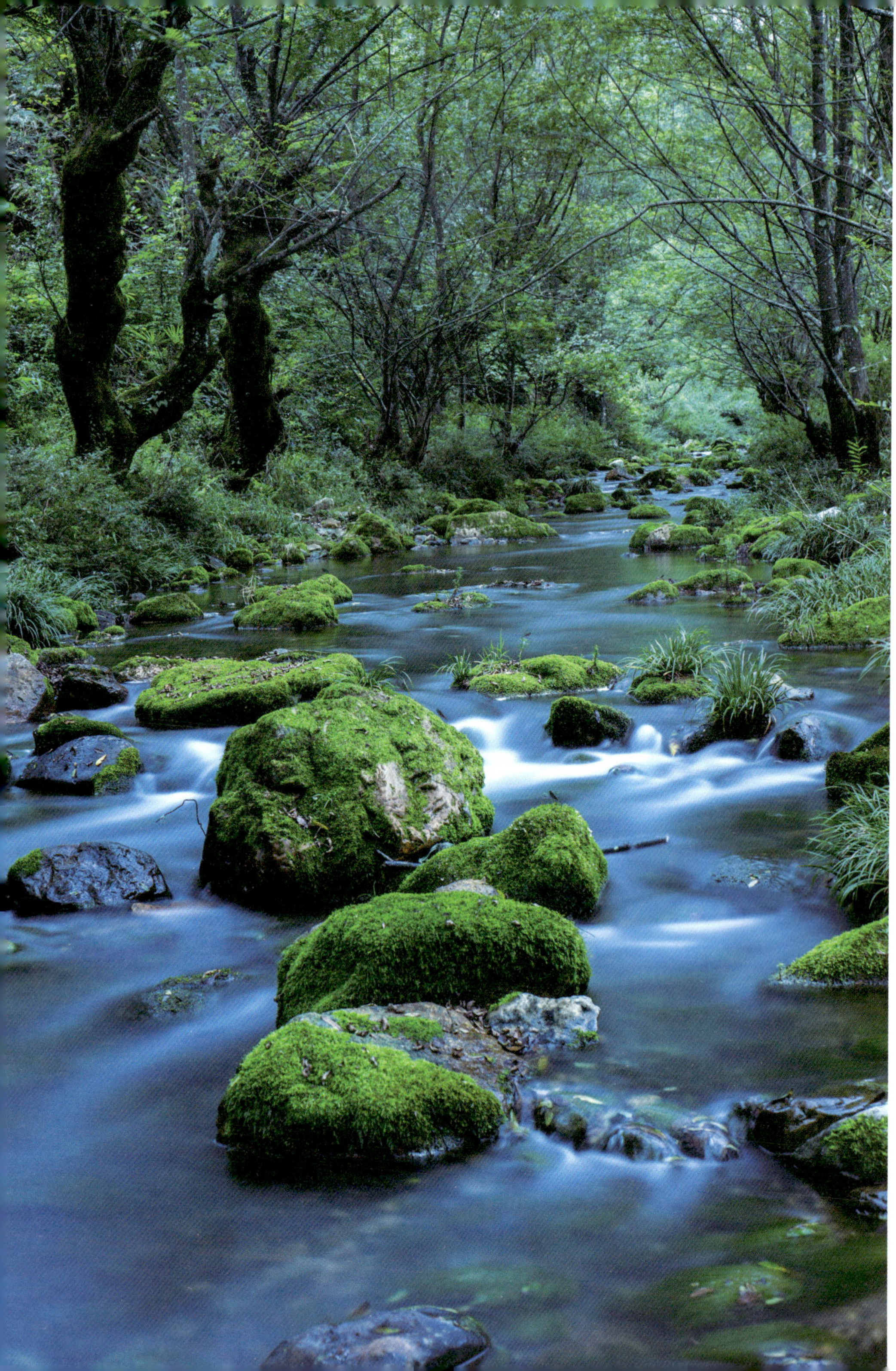

第二辑

月夕花朝

烟雨月坝，山水如画

辛夷花开，为谁而来

田间五月，清风吹浅夏

一朵小小的温柔，想要送给你

秋天来了，我在月坝等你

在月坝，总有一场雪为你而来

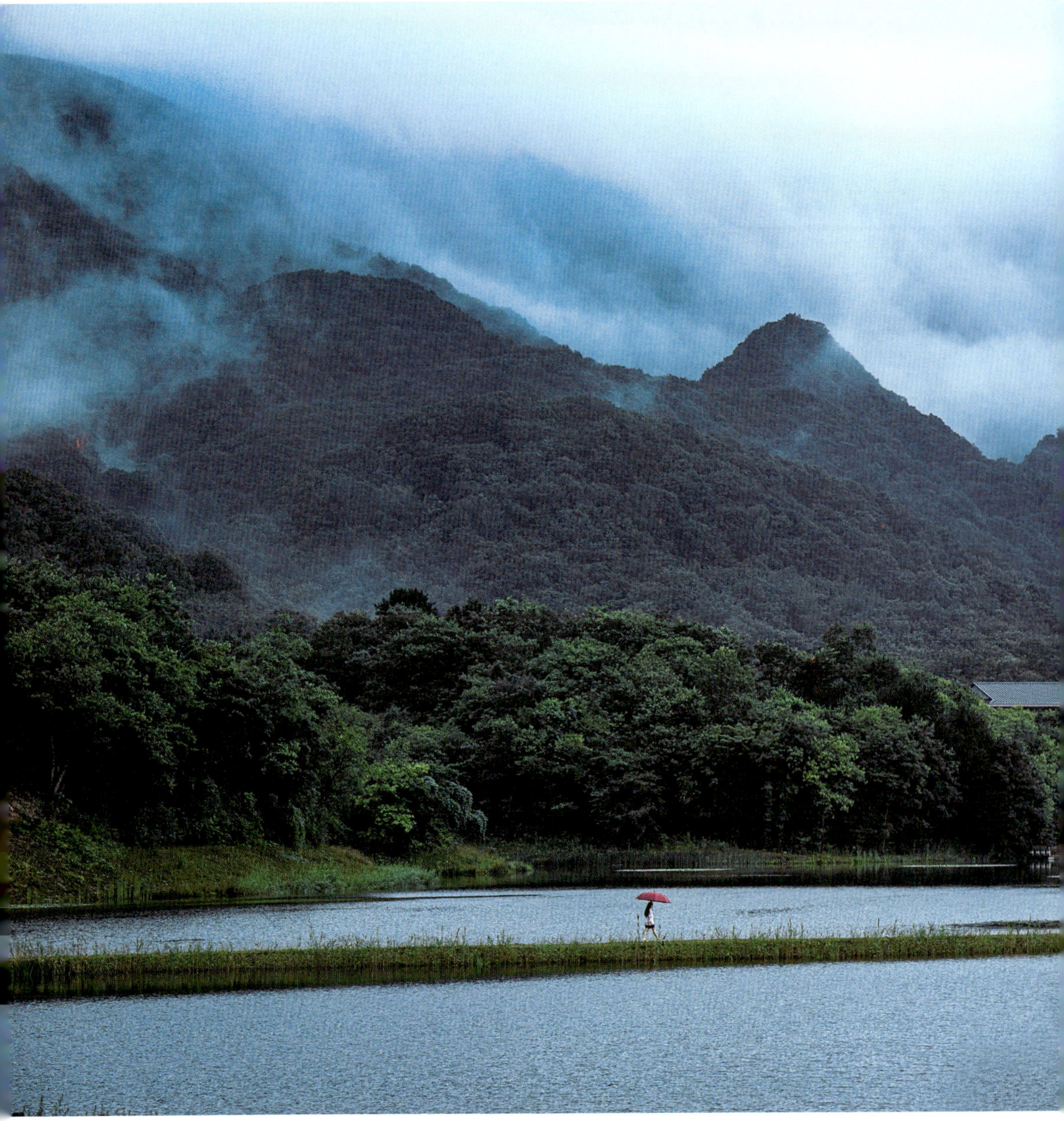

烟雨月坝，山水如画

烟雨月坝，山水如画。来过，此生便再也无法离开。

一缕烟云，一声鸟鸣，一树桃红，簪在发髻，挂在衣襟，夹在春风的册页里。

又或者，在我们不曾遥望的地方，黄墙黛瓦，烟笼人家，正缓缓打开氤氲的画卷……

在烟雨里行走，将温润细碎的光影，洒在每一条走过的小道上。

走过田野、沟壑和庄稼，走过院落、老街和戏台，以及岁月的宽窄。

一砖一瓦，一街一巷，一草一木，无不镌刻着时光苍茫的痕迹。

寻一清幽宅院，看清风拂过，看水珠烁动，看草木葳蕤，看春花绽放。

抑或是在屋檐下看蒙蒙细雨，把天空与泥土连接起来，把高和低、大和小、虚和实连接起来，把山色空蒙和人间烟火连接起来。

其实，看与不看只是一种形式，烟雨细小的声响，与春风的思念等同。

终于，花期如约而至。

桃花的词语落于纸上，立刻生凝露；一片粉红洇开，满心湿润。

我本清淡之人，然对于山水草木的情感，却深邃沉静。

恰如春风在草尖上发芽，包裹着泥土小小的欣喜。

又如灼灼桃花虽有十里，取一朵放于心上，足矣。

时光不语，在静待一朵花开的时间里，没有谁在雨里，也没有谁不在雨里。

一花一界，一尘一劫。

雨去，风留下；人去，花留下。

在月坝，总有一朵花认得春天的路径。

而走近一个人的内心，要比走近春天艰难得多。

毕竟季节是有轮回的，而一个人的内心是没有轮回的。

花开半朵，一半是春色以染心，一半是诗意许清欢。

如果滞留在某个情节，桃花的记忆就会缓缓打开，流水、鸟鸣也会轻轻醒来。

我们能听到的不舍，就像鸟鸣声，此起彼伏，忽远忽近。

但总有恰当的距离，让美成为期盼。

生命里，总有些温暖的时刻，总有些朴素的岁月，承载着我们柔软的心绪。

在微风吹拂的湖畔，小小的野花夹杂在新生的草丛间，像那些百转千回的思绪随风轻扬远去，又像那些已经远离了我们的水波重新向我们飞来。

轻盈的沉重，朴素的灿烂，简单的烦琐，在这里都能得到寄托。

那些被风轻轻吹皱的过往，终归是随了烟雨，溅起点点含蓄的寂寥。

烟雨蒙蒙的时候，衷肠似已诉尽，但仍须写一首诗，安顿素简的年华。

穿行在婉约的风景里，在诗意里感受时间的恍惚。

每一阵风吹过，都在寂静里长出了光阴。

岁月如织，时光深深浅浅，我们辗转过多少梦中的山水。

披一袭烟雨，在湖畔听一棵树，便有一种声音从树的身体里流淌出来。

天空蔚蓝，湖水清透、纯粹，看一眼就能让人心生宁静。

不一样的风，柔和温顺地穿过山林，带给人无比的安宁，将一切时间和空间笼罩。而这种声音也就轻易接近了或梦或醒，或悲或欢，一生中明亮或阴暗的部分。

我选择隐藏秉性，于水边坐定，用余下的半生，与一些草木、烟雨待在一起。

几朵桃花，隐约站在路口，而我却不得不在水里，写下一个人的名字。

宛若如水的夜晚，低飞的夜鸟，升起的明月，以及逐渐消瘦下去的流年。

辛夷花开，为谁而来

山有木兮木有枝，心悦君兮君不知。

如果你实在放不下一个人，那就来月坝吧。

在月坝，一树一树的辛夷花，乍见便觉得欢喜，再见仍觉得倾心。

"辛夷"，多么动听的名字啊！

味辛、性温，归肺、胃经，能通窍散寒、祛风止痛。

喜欢她的名字，喜欢她的美，喜欢她是一剂中成良药，能治愈那些凉薄与哀愁。

盈盈碧水，淡淡春山。

一瓣，一朵，一枝，一簇。

像噙在唇边的思念，又像欲言又止的叹息。

带着唐时的风、宋时的雨，开在春日的天空下，那么灿烂，那么柔美。

将柔软之心融于山谷，在清透的光影里，缓缓捧出云雾、炊烟和鸟鸣。

恍若隔世的烟云，那样轻盈，那样氤氲，却又层次分明。

一切凝于蓝，一切归于净。

一剪闲云，一弯山月。

时光的年轮碾碎了多少芳华？

在这里，与我们一生相守的，是永不停息的明月，以及明月下四时轮回的繁花。

　　那风中摇曳的花语，每一朵都是坚忍的等待与守望，每一朵都是幸福的见证和期许。

　　心是一条没有退路的巷子。如果你还心有期许，那就继续等待吧。

　　或许，你等到的是他。

　　或许，你等到的是终于放下。

　　在等待的日子里，我们何尝懂得一朵花的俗世悲欢。

　　如果人的一生，可以活成一株攀缘的藤蔓，一只飞翔的小鸟，抑或只是一朵花的刹那芳华，你会选择什么？

　　若是你想用一朵花疗伤，就必须再次面对一瓣又一瓣的凋零。

　　然而，花落叶生。生命的美，原本就在于不断追寻。

　　我们把仍在追寻的事物叫希望。

　　这希望，是荒芜的红。

　　在追寻的路上，没有方向，没有归宿，只想寻觅一个适合自己的地方停留。

　　在这里，草木有情，万物有意，遇见的每一树繁华都不是偶然。

　　不信，你仔细去看，每一朵辛夷花都在从紫、红或粉用力往白里开，直至把自己一点一点的开碎。

　　就像我们曾执着于某个人或某件事，放与不放，时光终会有答案。

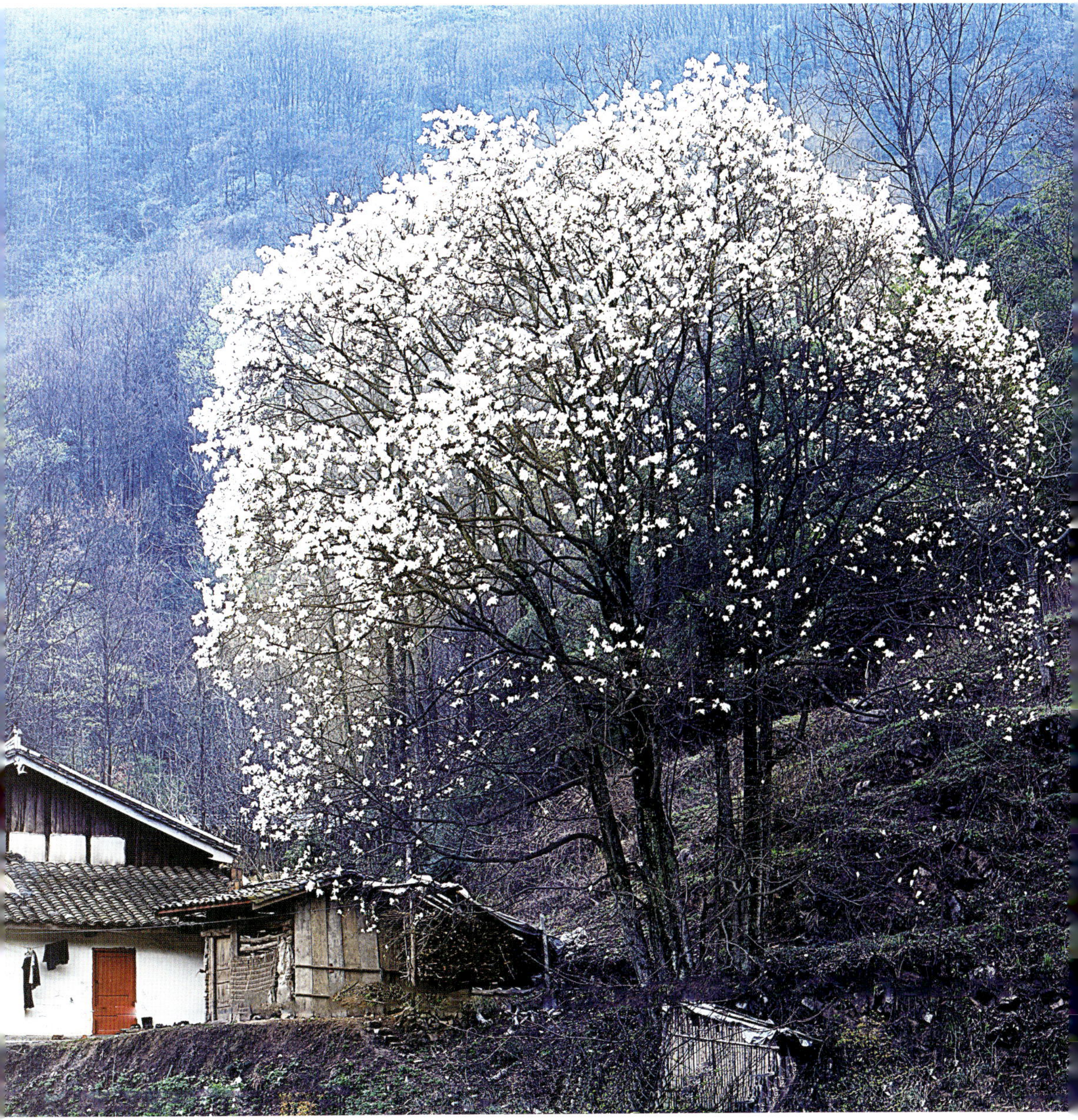

花影绰约，蔓草疯长。那些曾以为放不下的人和念念不忘的事，就在我们念念不忘的过程里，被我们遗忘了。

岁月深处藏着多少悲欢离合的故事，也许只有光阴知道。

辛夷花开，为谁而来？

隐于山间草木，无尘的花，无言的人。

仿佛在等待着赏花的人，如果你愿意踏春而来，这一树的繁花等的也就是你了。

尘世间，总有那么一些执着而坚守的人。

勇敢也，无奈也，心酸也，坚强也。

沿着静谧的湖水，向着云烟深处的山峦走去，遇见一树又一树的辛夷花，燃烧着薄暮的时光。

当清晨微醺的微光，在山水空蒙处铺开一张处方笺，你有汹涌的惆怅，我有传世的秘方。

蘸水为墨在其上写下：辛夷一两，蛇床子二两，青盐五钱，研磨服之。

在辛夷花下，我们吞咽下人间悲恸。

此后半生，只为取悦自己。

山林向背，春风为枕。

万物大美无言。

寻一方小院，生一炉炭火，煮一壶清茶，烤一些甜糯好物……

仿佛要将所有的时光，丝丝缕缕都用得恰到好处，才不算虚度。

人闲，心静。

风动一庭花影，便胜却人间无数。

田间五月，清风吹浅夏

夏风清浅，时光荏苒。

季节总是乘人不备时，悄然转徙。

不知不觉间，月坝已是晴日暖风生麦气，绿荫幽草胜花时。

一个人漫步田野，持久地伫立在一株蔷薇旁，和它谈及一些晨曦的烟雨和薄暮的云彩。

温软的风轻轻拂过，整个夏天就涨满芬芳。

一树树、一丛丛、一簇簇的蔷薇花静静开放，红的、白的、粉的、紫的，独自寂寞，独自灿烂，不语也倾城。

三两只褐色的鸟儿，在交缠的蔷薇藤蔓里，把朵朵馨香吸入骨髓，酝酿来年最动情的回忆。

一抹红从天而降，深情地诉说着枝叶与花蕾，天空与大地，以及飘散在风中的岁月。

那一地缤纷可是鸟儿的信仰，与泥土对话，心安理得地回到温润的土壤。

与鸟儿的相遇，平淡、真实。

在一株植物身后，看它悄无声息地降落，用翅膀拨动阳光，仔细打量，小麦抽穗灌浆，油菜由青变黄，一种成熟的意象，与万物一同生长。

一棵樱桃树日渐丰满，把幸福挂上枝子。

风一来，心头的甜蜜就变得沉沉的，从母体内带出一团火焰，悄无声息地点燃季节的眼睛，红透通往大地的脉搏。

月亮

从季节深处吹来的风很像风。

来了，就走。

不知道能否嗅到我，在泥土里埋着一枚无家可归的呼吸。

还有那些宛若星辰的野花，没有名字，被燕子衔去了。

以宁静的姿势，凝望一缕风的漂泊，牵扯不住多情的目光。

一束光芒，寂寞的惆怅。

膜拜从石缝里生出，洞穿山野的脊梁，高高举起的是一粒种子的愿望。

当夜幕低垂，心事重重的麦子，就要成为出嫁的新娘。

淡淡的月光，漫过密密匝匝的麦芒之上，梦见白日里遇见的那片海洋。

风累了，一条河流停止荡漾。

我不敢抬头，怕看见母亲的脸庞，渐渐地消瘦和忧伤。

依稀记得，儿时的夏夜，与母亲用连枷打麦子的风声有关。

说起连枷翻飞散发出来的麦秆气息，我常常是无语的，生命在那里呈现一种低调的温情。

一些人，一些事，一些日子，在某一个有风的时刻，出生，长大，渐渐老去，如同一个充满宿命的隐喻。

世间所有的相遇，都是久别重逢。

人生有多少遗憾，恨不能年华停驻，恨不能与故人重逢，不如换一种心境，换一种生活，去寻觅一处梦中的境地，可以浅喜，可以深爱，可以繁华如雪，可以明月不惊。

田间五月，清风吹浅夏。

此时恰好，来月坝吧，浅浅喜，静静爱，慢慢懂得，淡淡释怀。

一朵小小的温柔，想要送给你

刚刚感触到夏日的骄阳暑气，一场淅淅沥沥的微雨，就把月坝的气温调整到最舒适的状态。

行走在月坝湿地的汀步上，放眼望去，雨晴初霁，绿柳蝉鸣，空气香甜，欣然接受来自大自然的洗礼。

一大片洋甘菊出现在眼前，白色花瓣，黄色花心，柔嫩的花茎，纤弱的身姿，远近高低，层层叠叠，在夏风里摇曳，如同湖水泛起涟漪，那么清新淡雅。

恍惚间，与一朵花相遇。素未谋面，却又似曾相识。带来了绝世的馨香，我便给了它倾世的温柔。默然间，便已相互成全了一场生如夏花的烂漫。

关于洋甘菊，罗马有个美丽的传说：深情委婉的月亮女神爱上了牧羊少年，便在晚上让漫山遍野开满了洋甘菊，让她心爱的牧羊少年在温柔的香味中安然入眠。所以，洋甘菊也被誉为"月亮之花"。

而在古埃及人看来，洋甘菊像太阳一样的外形，蕴含着生生不息的宇宙能量，是有着强大治愈功效的神草，因它具有清凉消炎、缓解抑郁和治疗失眠的作用，称它是属于"月亮的药草"。所以洋甘菊的花语也带有不屈不挠的精神，即苦难中的力量，逆境中的活力。

洋甘菊不仅用来观赏和入药，也时常被人们制成花茶饮用。一杯茶或许没有立竿见影的疗效，但它却有一种温柔的力量，会慢慢潜入我们心底，成为精神里的陪伴。这也正是我喜欢洋甘菊的地方，轻巧又有力量。

历经三年新冠肺炎疫情，虽然人们的生活工作已经逐渐恢复，但在内心深处，难免还会有些许残余的不安全感，让人难以释怀。

清新治愈的洋甘菊像极了缩小版的向日葵，也像月夜里的满天星，向阳是逆境生长，朝月是积蓄力量。恰如寒冬过后，生命慢慢复苏，生生不息的正能量，叮嘱我们不要恐惧眼前的逆境，要继续努力向上！

洋甘菊盛开，是月坝湿地旁盛大的演出。生活不如意时，不妨停下脚步，放下琐事来到这里，慵懒地靠在湿地边的椅子上，感受这向阳而生的温暖，用一朵花的语言让思想纵情奔跑，把赋闲的时光融于天地之心，让那在世间隐忍的心，又重新跳动起来。

也可以独自一人，在花朵背后，隐藏住起伏的情绪，写一篇关于山水、湖泊、花朵与飞鸟的日记。比如有果实无风自落，有淡淡青烟渐成飞白，有远山如黛、湖面两三只雀鸟飞起，有湖畔人家对世事怀有秋天之爱，在门前开园，此刻正在园间劳作，不时抬头，看一看雨后的天色。

　　还可以穿上美丽的纱裙，置身于烂漫花海，用最平静的心，去看自然风物的万千景象，去听山间清风的千言万语，给自己一个彻底放松的空间。或是举起相机，随手一拍就是浪漫，美人与花这番景象，最美莫过于此！

　　一方温柔，一方勇敢。

　　生活不止眼前的苟且，还有如洋甘菊般蕴藏的小幸福。现实生活难免重复，或单调枯燥，或充满压力，适时放下压力，回归自然。

　　认真地生活，温柔地去爱，不言时光凉薄，只与阳光相依。

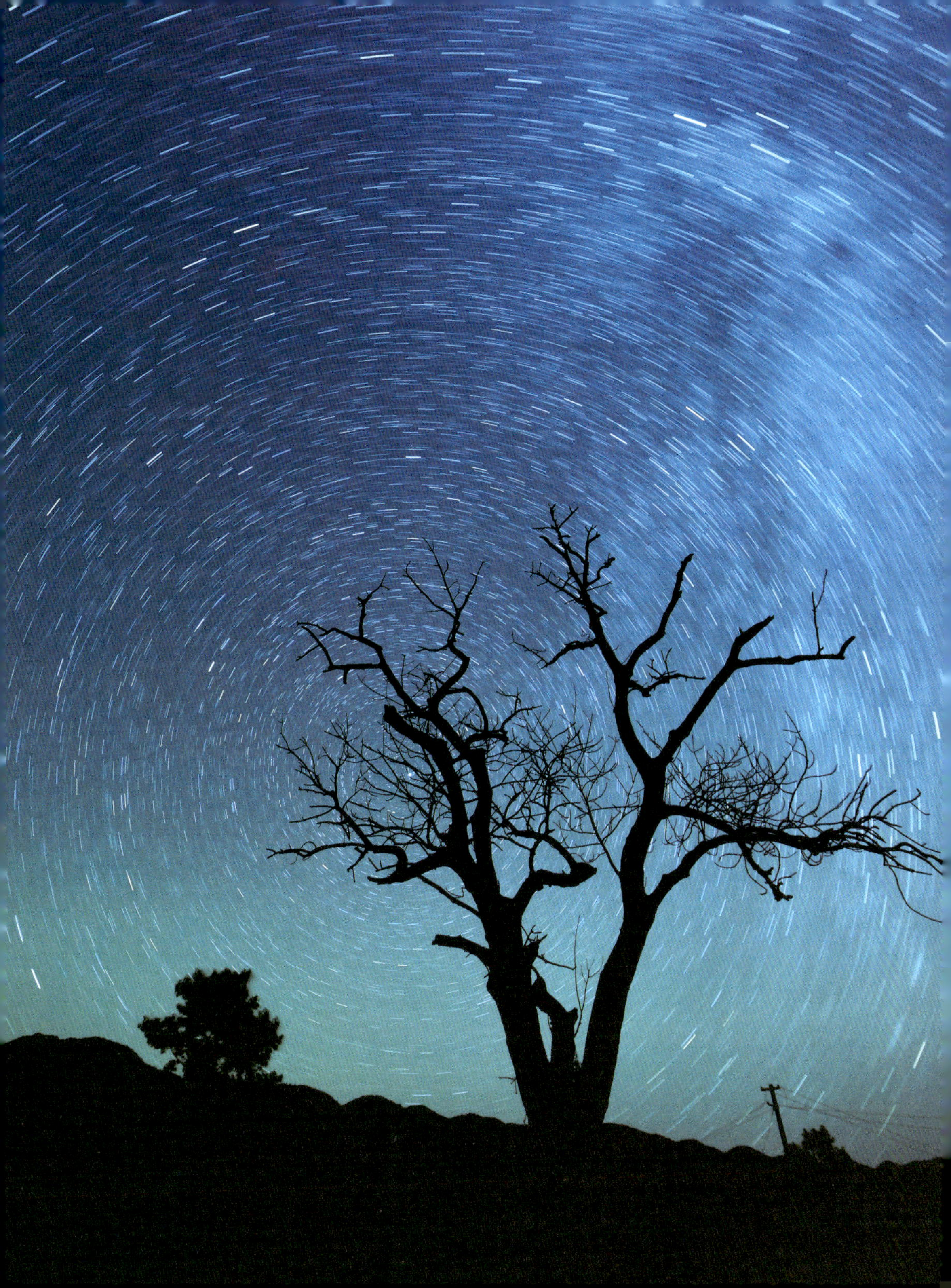

秋天来了，我在月坝等你

秋天来了，万物都在柔情中老去。

而我，还在这里，在离月亮最近的地方，等你来共浴一场烟雨，等你来倾诉相聚别离。

我在金色的田野等你。

等你把微笑挂上成熟的稻穗，在风中弥散出诱人的香气。

我对着山野的尽头，一遍又一遍地呼喊。

我的声音越过那一坡又一坡的稻田，越过那不老的青山和绵延的山谷。

可是，你在哪里？

我在罗家老街的青石小巷里等你。

等你牵我的手，看烟火里的晨曦。

青石板街向晚，童年的炊烟仍在半空张望。

看那些木格花窗、女儿墙，楼里的情，街上的爱，麻柳溪的风，火烧馍的味。

停留只是一瞬，回首却是一生。

我在"观山悦舍"的悠闲自然里等你。

等你在某个秋月良辰，寻一处清宁的居所，开窗即是美景。

呼吸恬静的空气，共度一段温润的时光。

　　当秋虫已然沉寂，山泉叮咚作响，就揽清风入梦，明月入怀，让身体和心灵都能得到安放。

　　我在海拔1917米的黄蛟山等你。

　　等你一起来攀登历史褶皱里的山梁，探寻历史里的文明和根骨。

　　等你一起收回翻晒已久的云海，当漫山遍野的红叶染红山峦，就在万顷竹海的风声里，捧起一块岩石饱经岁月的沧桑。

　　我在烟波浩渺的近月湖畔等你。

　　等你浅吟轻唱，蒹葭苍苍，白露为霜。

　　看皎皎如水的月光，缓缓漫过芦苇荡，在我白色的裙裾上泛起光辉。

　　当水波荡漾，我亦心如涟漪。

　　将万千思念，融入一滴绚丽的水滴，随晚风吹进你的心湖。

　　从此，和你一起跌宕起伏。

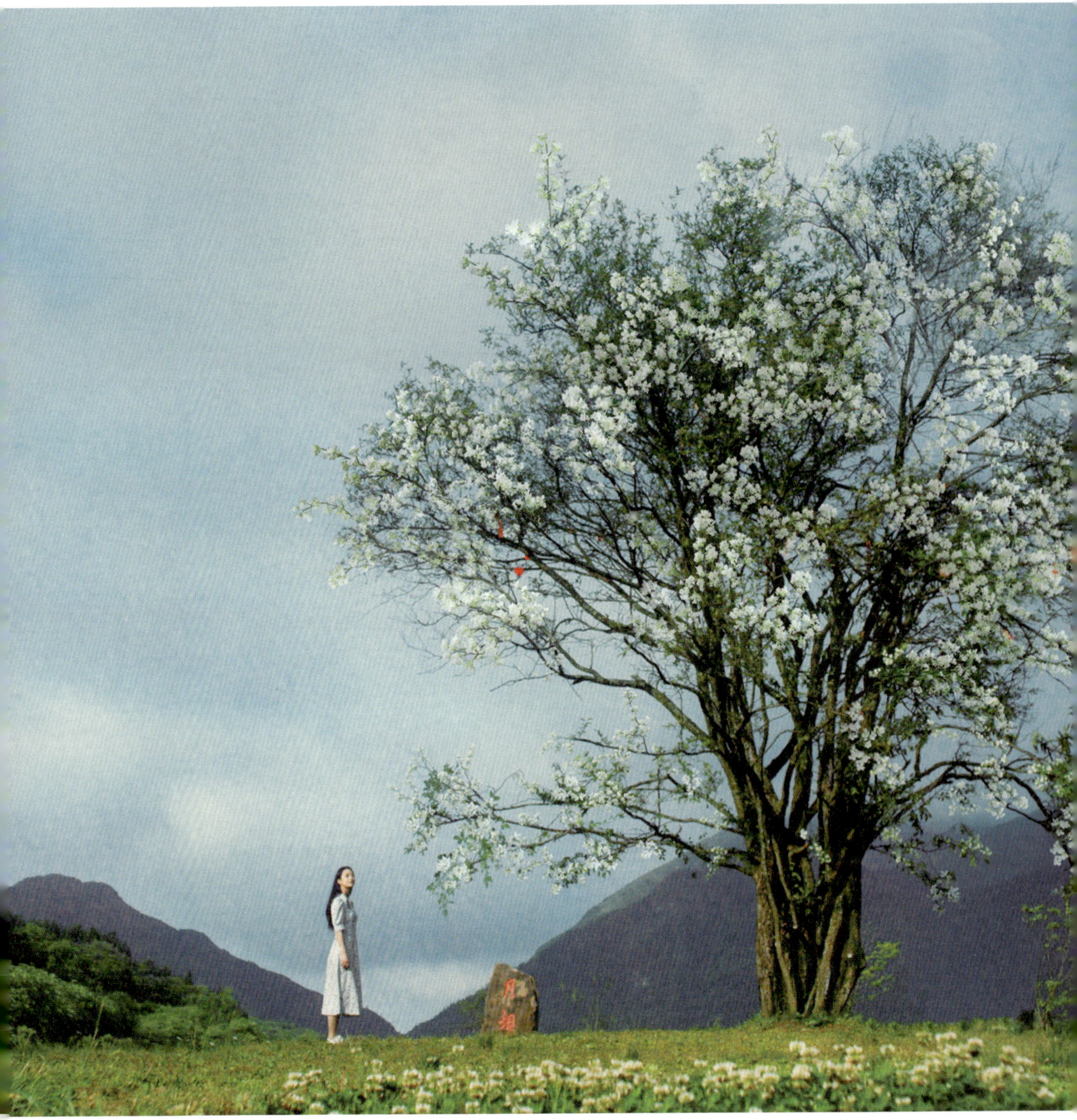

我在那棵情定三生的山楂树下等你。

以悲欢的姿势伫立在风里。

把你痴痴地遥望，任蒙蒙的雨淋湿我的衫衣，任凉凉的风滑落我的泪滴。

久久地伫立，在你来时的路口。

等你，可这一次的等待，已经太久，太久。

似乎在等一个故事的结局，似乎想肆无忌惮地相爱一场。

却只能这样，在风里等你，雨里等你，就快要走过人生的四季。

当一片叶子落下，整个秋天就落在了心上。

而我，还在月坝等你。

你，来吗？

在月坝，总有一场雪为你而来

人生并不漫长。

我们或许已经错过了春花的烂漫，夏日的激情，也错过了秋风里的落叶，可不可以不再错过一朵雪花的浪漫和轻盈。

每到最冷的时候，我都盼望着下雪。

在月坝，我并不清楚一场雪能给我带来什么，或者带走什么。

有时候，我的愿望焦灼而热烈，我感到自己的心因为一些渴望而不顾一切地燃烧。

雪终于来了，落在人间，落在离月亮最近的地方。

宛若多情的梨花，在我翻阅书简的刹那，落上我的眉梢，一瓣是辽阔，一瓣是远方。

像久违的亲人，像归乡的游子，更像日思夜念的恋人，带着每一个细节并写满一诺千金。

雪落无声。

一片雪不经意与另一片雪交融，通往山谷凹地，简洁又含蓄。

那些田野、村庄，以及黑色的瓦砾，终将会被大雪覆盖。

不怕冷的野鸭，掠过结冻的近月湖面。

暗地里目光凝视，没有脚印的空地，幻想给大地添加棉被。

一首诗诞生在低处或高处，在风里被大雪包裹，让人增添坚韧的勇气。

雪，抑或我们虚拟的爱情。

柔韧的蒲苇用温柔的霜刀割破月光。

与岁月共白头的执念，依旧是月华下最柔软的梨涡。

风吹过，有我们呼唤一个人名字时哽咽的声音，像雪落在了雪上，落在了情投意合的那一枝上。

它们用寒冷之躯，让我们去感受那些失而复得的温暖，相拥成晶莹花瓣，开出暗香浮动的花语。

其实能抵达初心的雪并不多。

就好像那棵守候多年的山楂树，誓言一经说出，就再也不能回头。

就好像小雀的翅膀在枝头微微一振，溅起朵朵雪花，又轻轻落下，如棋子在天地间对弈，从无到有，从虚无到盛开，无法让自己停下来。

在落雪的日子，去湖畔看另外一株树。
那是即便枯萎也依然保持傲然之姿的树。

没有边框，没有墨色，也没有多年前的风声让它的内心再次荡漾。

即使把春天和云朵唤回来也没用，把风雨、雷电的震颤唤回来也没用，一株枯木用雪白慢慢将自己藏起来。

就这样，我和它成了两株枯木，只是一株看着另一株。

雪是有呼吸的。

比如风一吹，就跳出来一个火红的身影，走在去近月湖边取水的途中，或者罗家老街赶早集的路上。

她用温婉的声音说出看到的事物，一些山坡上的草木，一些消失在雪地里鸟雀的身影，还有她低头时微微升起的晨光。

她能说出途经的"正月十五""观山悦舍"等民宿的名字，那是她在等一场为她奔赴而来的雪的途中。

一场雪就能表白一个季节。

或许多年以后，我已记不清曾经写过的诗歌，而那些关于它的句子却早已长高。

风吹来时，它们摇曳、靠拢，又迅速分开。

除了时光，谁也无法解释它们曾经的磨砺和彷徨，谁也无法解释它们曾经不顾一切的奔赴和热爱。

时光，终不可辜负。

在月坝，总有一场雪为你而来。

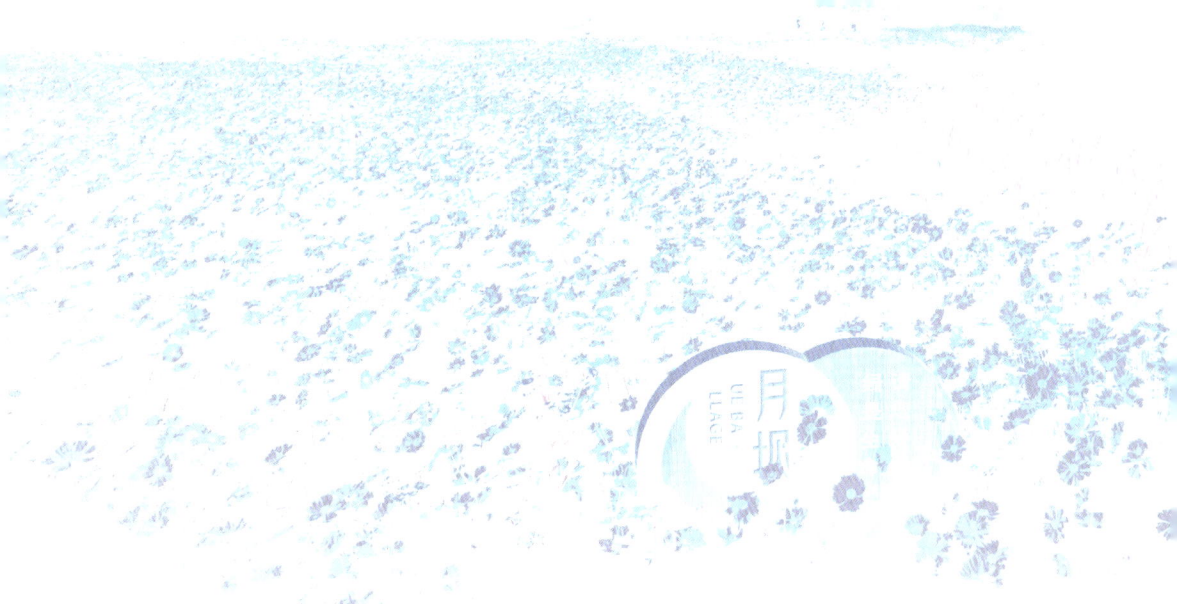

且听风吟

我走向你，美在红尘之外

我的村庄芳草萋萋

我的村庄芳草萋萋。

粗犷而寂寥的——冥想之地。

它的呐喊是迷人的成长，是祖祖辈辈的繁衍生息。

山坳里的景象，同家畜、河流与阳光，释放生命诞生之初的啼哭，以及结束时的哽咽，并与之融合。

在敬畏和天真中——相遇。

一只迷失的蝴蝶，在脆弱的心跳里躺下。

假如我必须说出它的孤独，美或者永恒，请允许我匿身卑微的草木，以求证实：生命的姿态——是赞美，也是慈悲。

清晨，我走进山谷

清晨，我走进山谷。

太阳还在云外尚未升起。

透着清寒的山谷，与白雾交换眼神，搂紧瓦舍、炊烟、绿色的田野与河流。

把目光转向层林深处，那里传来黄牛的颈铃声，以及山泉沿着溪涧流淌的声响。仿佛近在咫尺，又宛如宽广的遥远。

清风从远处吹来，扰动了树叶，让尘世的羁绊收敛成光环。

它存在于山谷的开端、现在和永远。

在澄明的荣光中，汇集美的秩序，以冥想的方式，探索谦卑的实相。

让我慢慢走入我自己。

这样的清空是美

这样的清空是美，美得极度朴素。

其间没有一丝固执的坚持——这就是突破的意义。

一朵花，一条河，一个淋漓尽致的爱人。

无须用一个意向，替代另一个意向。

喜悦无处不在。

我想要表达的感觉，不止美景和诗歌，还有像明月闪烁的石头。

时刻保持警觉的安静。

浮躁已然沉寂，生命之爱在尘世闪现。

而爱和美，是并行的，包括完整、自由的心灵。

青山无言地隐去

凉风吹过，雨落在远方。

山脉、山谷、树木渐变成银灰色。

山涧边的水藻漫延。

静穆，沉淀，流动着绿色的芬芳。

寂静不请自来。

布满露珠的石头闪闪发亮。

山中针叶铺地，鸟雀的叫声，与沾惹满青苔的小小身体，隔着一道风烟
袅袅的岸。

青山无言地隐去。

光和影短暂的邂逅，可能只是瞬间，也可能是一生。

所有的一切，都已遁迹。

我走向你，美在红尘之外。

其实，这些所能触及的美

寂静之地

小树林深处，有寂静之地，正好思考世间的秩序，留意一些以前不曾留意的事物。

比如，路边的紫牡丹举起小拳头，待我俯下身去，就迅速击碎我的心。

又比如，水畔的一匹母马，正吐出柔软的舌头，舔去小马眉间的清愁。

其实，这些所能触及的美，或者生活的责任，就像远方群山涌出的思念，是另一种抵达。

湖心亭

穿过漫野的针叶松、野蔷薇、山竹子，是湖心亭。

在那里，我与一株枯木终日对视。

那是与我相识十年、二十年或许还能更多年的麻柳。

在它身下，被季节复活的湿地，疯长着菖蒲、艾叶、金鱼草。

我试图成为他们中的一员，在季节的生死契约里，与天空的蓝共进退，
与陷落的风声共进退。

山蔷薇

有人告诉我，要愈合心口的创伤，就不要随便打开寄存尘世的包裹，尤其要避开那些尖锐之物。

如今，春风在这里筑起一座城，我就一头栽了进去。

我想，包裹之中的，无非是些零落的花瓣吧。

一如眼前的山蔷薇，在桃之夭夭里铺就三千闪电。

薰衣草

整个下午，我都在挑拣旧时光，用于等待，用于守候，用于回到柔软。

在苍茫底色里，写下白云、草木、流水，写下牛羊、炊烟、朴素的生活。

那些细碎的紫，虚妄、矜持、缄默不语。

它们并不知晓，薰衣草又名灵香草，系多年生耐寒植物，能镇静、催眠、助消化，而我能给予的柔情，仅仅是将所有泪水浇灌，直到世人都说，这花开得多好。

湖面

多情的月色铺开。

夜晚，已不再需要留白。

在有凤来仪、犁开丹青的时候，褪去莺歌燕舞的繁华，褪去美而媚骨的香艳，挑去病酒、相思、花间词，这些古典的意象，轻轻扑上一层银粉。

然后，坐穿一座青山。

旧式宅院

有点凌乱，还有些不知所措。

像柚子花的香气，被季节凝成一枚果子，坠入暮年的光景。

在这个满是浮躁的年代，总想抓住点什么。

罢了，我承认自己是个矫情的女人，渴望隐居一座旧式宅院。

在柚子树的清凉里，工笔牡丹，写意山水，吃新茶。

在小狐狸路过的雪夜，风情万种，且具纷纷的美。

参差荇菜，左右流之

"关关雎鸠，在河之洲。窈窕淑女，君子好逑。参差荇菜，左右流之。窈窕淑女，寤寐求之。"

盛夏六月，在月坝高山湿地近月湖畔，从《诗经》里走出来的荇菜迎夏而立，点缀湖间，晶亮小巧的黄花亭亭立于水上，在风中一点一点晕染开来，把细碎的光阴编织成明媚的样子，浪漫至极。

那是《诗经》里携着千年的吟唱，带着梦一般的初识，惊艳了我的眼眸，让人不禁回到了两千多年前的那一日。

风和日丽，一条小河波光粼粼，一朵朵漂在水面的小黄花，或左或右，漂浮不定，在水波温柔里随风摇曳，散发着耀眼的光芒。

一个翩翩少年伫立岸边，遥望着在水中采摘荇菜的她，风从水面吹来，一缕青丝落上眉梢，只见她用手轻轻拂过脸庞，露出恬静的微笑，又在小船上顺着水流娴熟地左右采摘，丝毫不知她天真无邪的模样，早已让少年心里泛起阵阵涟漪。到了夜晚，少年辗转反侧，难以入眠，脑海里尽是那位采摘荇菜的女子。

《诗经》里的美好，在于那惊鸿一瞥的初见。最难忘却的，全在那相思时的缠绵悱恻里。人之相识，贵在相知；人之相知，贵在知心。留住你一面，画在我心间，任时光流转，谁也拿不走，初见的画面。

由于有了《诗经》，荇菜也就有了柔情、纯净、美好的文学表达。

从《诗经》里的"参差荇菜，左右流之"，到杜甫《曲江对雨》中的"林花著雨燕脂落，水荇牵风翠带长"，再到徐志摩《再别康桥》里"软泥上的青荇，油油的在水底招摇！"荇菜的风雅，在《诗经》里漂流了千年，也在无数人心头荡漾了千年。

其实，荇菜作为一种浅水性植物，其本身也是极具魅力的。其叶形似睡莲，茎秆细长柔软而多分枝，漂浮于水面或生于泥土，五月至十月开花，九月至十月结果。《楚辞》称其为屏风，是说荇菜盛时，其叶覆盖水面，犹如绿色屏风。

据李时珍《本草纲目》描述，荇菜"叶颇似杏"，大抵是因为荇菜叶子的形状很像杏子，故又称莕菜，晒干后可入药，能清热解毒，利尿消肿，对治疗疮肿和热淋有很好的疗效。

荇菜除了观赏和药用，也是可食用的。荇菜的茎、叶柔嫩多汁，自古就是作为菜蔬食用，故有"菜"之名。

《诗经》里的伊人采摘荇菜当然也是用来食用的。在炎热的夏季，取荇菜与绿豆和少量糯米熬煮食用，可消暑。若是与瘦肉、胡萝卜搭配可做成三丝荇菜汤，与莲藕搭配可做成糖醋荇菜藕丝，是天然的绿色健康食品。

风起，吹皱一湾碧水，荇菜们在涟漪下逶迤而来，带着美好的回望，也带着满目的憧憬。我俯身采摘了一根荇菜，这时，湖光潋滟，芳草鲜美，几只水鸟从湖面掠起，天空扬起了清脆的鸟鸣。

"最是你那一低头的温柔，像一朵水莲花不胜凉风的娇羞。"荇菜总是和水环境联系在一起，带有些高洁的意味。因此，我更愿意相信，徐志摩的《赠日本女郎》诗中借喻的水莲花，就是这些不胜凉风娇羞的荇菜。

心有佳人，在水一方。求之不得，寤寐思服。优哉游哉，辗转反侧。大概世间的美好，就如那采摘荇菜的伊人，可望而不可即吧。

山水有相逢，万物皆可期

那年夏天，我与月坝初次相遇，便直奔近月湖而去。

近月湖的山水，因为巍峨叠翠的黄蛟山映衬，以及"山楂树之恋"的故事渲染，果真与别处不同。

远山如黛，近水含烟。

风乍起，吹皱一湖粼粼波光，空气里氤氲着湖水的气息，像尘封的佳酿，只消轻嗅便已令人沉醉。

薄雾轻拂初阳淡，繁花新叶撩人面。

湖畔芳草萋萋，麻柳依依，时有白鹭翩跹，婉转莺啼，形成"鸟从绿出，水天一色"的生动和旖旎。

这场景，其实早已上映了千年。只是，有些人来过，有些人又走了。

想起董卿曾在《朗读者》里说过："世间一切，都是遇见。冷遇见暖，就有了雨；冬遇见春，有了岁月；天遇见地，有了永恒；人遇见人，有了生命。"而在月坝遇见了近月湖，便感知了生命的真谛。

仁者乐山，智者乐水。从古至今，择水而居的生活被文人墨客赋予了无限的诗意与境界，临湖而居更是成为无数人的理想居住之地。

清晨推窗而望，缕缕阳光折射湖面，唤醒一整天的好心情。

于湖畔骑行、慢跑、散步、露营……水的澄澈清明、潺潺盈盈，其漫漫不绝的生命力，使人修身养性，从容宁静。

"蒹葭苍苍，白露为霜，所谓伊人，在水一方。"这是撩人心弦的遇见。

　　"曾经沧海难为水，除却巫山不是云。"这是一眼万年，一世倾心的遇见。

　　在湖畔行走，草木有心，万物有灵，遇见花开，遇见雨落，遇见风起，遇见你，遇见我，遇见每一个未知……

　　每一个遇见，都是构成生命的一部分。

当我们伫立在湖畔那棵山楂树下时，生命中那些难以忘怀的遇见，即使仍在梦中，也坚信终有一天会再次重逢。

行走于纷繁世间，心若宁静，世界就不复杂，也依旧保持热爱，满怀期待。

于是，去湖畔的民宿，点上几道山珍野菜制作的菜肴，饮上一盏苞谷荞麦酒，再配上一壶地道的老鹰茶，味蕾触动的不只是自然山水对生命的馈赠，更是心头挥之不去的记忆和乡愁。

不论哪一家民宿，必点的菜定然有香菇炖土鸡，鸡肉软糯入味，菌汤鲜香浓郁；野葱炒鹅蛋色泽艳丽，能补气益血、延缓衰老；干豇豆炖腊猪蹄极具特色，凉拌马齿苋清香四溢，竹笋炒腊肉亦是百吃不厌，再来一碗酸菜粉丝汤，酸爽开胃，也是妙极。

山水有相逢，万物皆可期。

人这一生，大多只是寻常岁月，何不心怀柔情，藏山水，吃酒饮茶。

千年的风雅，一世的阔绰，有你，亦有我。

而遇见的途中，最浪漫的，不过醉拥明月，携手清风，听流水声、鸟鸣声，看月影下，湖水盈盈泛起微澜，清风习习吹动蔷薇……

务话农桑，乐享耕读时光

"二月二，龙抬头，大家小户使耕牛。"

在中国传统文化中，每年农历二月初二，传说是"龙抬头"的日子，此时阳气回升，大地解冻，春耕将始，正是运粪备耕之际，又被称为"春耕节""农事节"，是中国民间传统节日。

中国历代皇帝都"重农桑，务耕田"，每年"春耕节"都会亲自昭告世人一年耕耘的开始，让文武百官都亲耕一亩三分地，同时劝农劝稼、祈求年丰，因而启耕大典便成了一项隆重的典礼。

自2019年起，在耕读文化底蕴深厚的利州大地，月坝村民重新拾起春耕的文化精粹，率先打造"启耕大典""丰收节"等农事节庆活动，从以往每年一届的隆重典礼，到如今时刻都能呈现在人们眼前的民俗文化展演，成为众多中小学校来此研学旅行的项目，与广大游客一起种下生机，共祈国泰民安、物阜民丰。

春地运肥，起垄播种，田间吟赋，月坝启耕大典在阵阵锣鼓声中拉开序幕，孩子们辨五谷，识六畜，扶犁，挥锄，诵读《农耕赋》，看"福禄寿喜"月坝民俗乐团精彩纷呈的表演，与牛灯、马灯、采莲船在锣鼓山歌中尽情歌舞，参观农耕文化博物馆，体验火烧馍制作技艺，在劳动中知晓一粥一饭当来之不易，切身感受传统农耕文明的博大精深与源远流长。

在众多民俗文化表演中，最引人入胜的当属"耍春牛"。随着一句"开耕喽"，一头憨态可掬的"耕牛"在放牛人的指引下"跃跃欲试"。

在农耕时代，耕牛对人们的生产生活有着极其重要的作用。通过农时节令和喜庆场面，表达人们对五谷丰登、人畜平安的愿望，"耍春牛"的舞蹈习俗应运而生。

一般而言，"耍春牛"要由七八个人配合，一人扮演放牛人耍牛头，另外两人在牛身道具内扮演牛身，其他人员为锣鼓手。表演时，放牛人唱着"啰儿调"，挥舞花鞭引导耕牛进入耕作阵形，两位藏于牛身道具内的舞者前后配合，模仿牛的动作和习性，摇头摆尾，上下跃动，做出犁田、傲角和趁放牛人不注意歪头捞草吃的动作，既真实，又有趣。

一旁的当地知客，随着表演场景的变化，口中大声说唱，吉言良句脱口而出，叙说着劳动的场景以及人们对美好生活的向往。在表演结束后，还会乘兴给大家说唱一段："回想月坝前些年，粗茶淡饭常陪伴，油盐酱醋难看见……如今月坝风光变，远近游客纷纷来，火烧馍馍也赚钱。""以前全是泥巴路，现在双车道上铺沥青；以前赶场靠走路，现在坐车到家门；以前民房很破旧，如今民房样式新……"让人们看到了月坝的新变化，乡亲们都过上了红红火火的好日子。

月坝启耕大典以田野耕作为场景，通过祭春仪式、民俗文化演艺、农耕体验等形式，让久居城市的人们回归田园。它将田间美好、耕作之乐再现，让人重温记忆里的乡土中国，也唤醒埋藏在人们内心深处的理想生活。启耕大典饱含了对天地的敬畏，对生活的敬重，对收获的希望。

山楂树：爱在朝夕，如星河璀璨

    "我不能等你一年零一个月了，我也不能等你到25岁了，但是我会等你一辈子。"

    张艺谋拍摄的电影《山楂树之恋》中，主人公的这句表白太戳心，就像午后暖暖的风，温情脉脉里又流动着淡淡的感伤。

    当下，有多少人已不再相信爱情，不再相信这世上还有像《山楂树之恋》中那样单纯的爱恋，这也许就是月坝那棵山楂树能直抵人内心深处的触点吧。

    终于，带着那份初见的美好，在一个晚风沉醉的傍晚，与期盼已久的山楂树邂逅在月坝的天光水色里。

    一切似在梦中。

    那棵独自美丽的山楂树静静伫立在近月湖畔。

    眼底是如茵的草地，湖水的波光里倒映着山峦的影子，浸染着远山淡影。

    山楂树因生长在湖畔的缓坡上，土壤深厚肥沃，既蓄水又耐旱，所以枝繁叶茂、虬枝苍劲，枝杈蜿蜒交错，好像恋人久别重逢，十指交握在一起。

    一生相守，一树花开。那棵山楂树收藏了多少人昨日遗失的风景？那树

下的同心石上，又徜徉着多少人痴情黯淡的背影？

在百余年的岁月里，不论是春色潋滟的三月，还是皑皑白雪的隆冬，那棵山楂树都始终以沉默而孤寂的姿势站在那里，凝望着身畔静谧的湖泊，那种历久弥新、风雨不改的相守感动着我。

树的故事，又何尝不是在诉说人生？

趁着阳光正好，微风不燥，赴一场山楂树之恋的浪漫约定。

有道是：红云暖靆，暮雨霏微，碎影流光，浅浅沉醉。

也让人想起了舒婷的《致橡树》，真正值得称道的爱情，是绝不做柔软的藤蔓攀附着你，更不做卑微的尘土仰望着你，而是作为树的形象，以并肩携手的姿态与你站在一起。

但茫茫人海，有几人会为你驻足？浮世变迁，又有几人会为你等候？

人生，总有一些遗憾，因为无能为力，所以学会释怀。

总有一些事与愿违，在尽己所能后，学会顺其自然。

如今，那棵山楂树早已成了爱情的象征。

每年七夕节，月坝都会以爱之名举行旅游文化节暨相亲大会，一对对恋人相继来到山楂树下，海誓山盟，情定终身。

爱在朝夕，如星河璀璨。

当暮色四合，晚风轻踩着云朵，山楂树旁的草地，就成了浪漫的露营之地。

伴着点点星光，呼吸着从湖面吹来的清新空气，看一场久违的露天电影。

月色旖旎，风很温柔，一切都刚刚好！

山长水阔，锦书难寄。

尘世种种，于我们，有太多虚荣和诱惑。有时候，难免让人忘了，还有一些情感，其实是让人心生酸涩的，就像山楂树结出的果实，酸酸甜甜中带着些许青涩，让人难以割舍，却也最能诠释这类情感。

人生若只如初见——只有双向奔赴的爱情才值得我们满怀期待，可以让我们做回那个最初的自己。

恍惚间，只想与山为邻，择水而居，在内心深处种一棵山楂树，在等待花开的日子里，诗书烹茶，且听风吟。

第四辑

至味清欢

火烧馍，必吃的"土味零食"

香菇宴，清风阵阵送香来

灰搅团，酸辣地道的那个味儿

一品九碗，食一碗人间烟火

一碗腊猪蹄，可以慰乡愁

一杯竹根酒，可以慰风尘

火烧馍，必吃的"土味零食" 🌾

　　"啃着火烧馍，吃着洋芋果，烤着疙瘩火，过着苦生活。"这是月坝在乡村振兴之前的穷苦写照。但曾经用以果腹的火烧馍，如今早已经成为深受游客青睐的"土味零食"。

在交通、生产条件落后的时期，大山深处的月坝村广种薄收，村民很多时候都是早上出门下地，傍晚才回家，这就免不了带上中午的"干粮"，这"干粮"就特指火烧馍。

1935年红军转战斑竹园，翻山越岭进入月坝后，村民就把火烧馍送到将士手中，支援战场，建立了军民团结的深厚情谊，也赋予了月坝村民攻坚克难、勇于探索的精神力量。

岁月流转，火烧馍已然成了月坝的特色。甜味的、原味的、咸味的、花生核桃味的……制作好的火烧馍，单个重约2~3斤，直径约30厘米。

每当袅袅轻烟在月坝老街的土灶上空升起，走在青瓦白墙的巷子里，闭上眼，深呼吸一口，就会沉醉在那浓浓麦香里。

火烧馍的制作工艺非常独特。

首先是在高山大麦面粉中加入适量的山泉水和面，和面的要诀是力道要均匀，用的是手掌，但使出的却是全身的劲。同时，还要用温水化开一小块儿猪油放进面里，这样做出来的火烧馍不论是口感还是色泽都会更胜一筹。

然后把和好的面放在案板上，用手揪成大小均匀的面团，在上面撒上一把芝麻擀成面饼，放入土灶上的热锅里烙转定型，直到两面都有了硬度，再用手团出花一样的纹路，就有六七成熟了。这时用钢针或牙签在馍上扎出气孔，让多余的水蒸气散发出来避免涨馍。

最后将馍放入没有明火的青冈、椴木灰里覆盖严密，再进行烘焙。让馍均匀受热，直到两面变黄，敲起来"扑扑"作响时，大功告成。这样一个浓香扑鼻、外层松酥香脆、内瓤柔软绵甜，吃起来让人齿颊留香、回味无穷的火烧馍就做成了。

整个制作过程大约30分钟，需要十多道工序，全部手工完成，看似简单，其实是个技术活，想做得好吃，每一个细节都需要用心去做。

和面、擀面、定型、团花、烘焙……简单的材料加上几十年如一日的功力，每一个火烧馍都是匠心之作。

精心制作而成的火烧馍十分耐储存，即使在炎热的夏天，也能存放半个月之久，既不发霉，也不变味，非常适合旅居携带和馈赠亲朋好友。

随着旅游业的发展，月坝家家户户都过上了富足的生活，但对于火烧馍还是一如既往地喜爱。

月坝老街上大部分商户都有火烧馍出售，为了避免一窝蜂似的恶性竞争会有损村子形象，经过村民集体讨论决定，推出手艺精湛、味道纯正且受游客欢迎的14家商户，在老街集中设立摊位，统一售价，取名为"火烧馍一条街"。在这条街上，每天的馍都是现做现卖，若遇周末和节假日，一天就能卖出上千个。

时至今日，月坝及周边一带，仍然还有红白喜事送火烧馍的习俗，也有把火烧馍放入火锅或汤面中煮泡当作主食的习惯。我想，这既是月坝村民对过往艰苦岁月的追忆，也是对来之不易的美好生活的感怀和珍重吧。

朴素里有力量，深远里有文化，独特里有创造。

随着时代的变化，人们的口味也在改变，守正创新，适应市场需求，让传统美食焕发出新的生命力。月坝火烧馍正散发着袅袅热气，活色生香，引人垂涎欲滴。

香菇宴，清风阵阵送香来

　　或许你吃过百鸡宴、豆腐宴，那你吃过香菇宴吗？你能想象一桌色香味俱全的菜全都是用香菇做的吗？

　　香菇是世界第二大菇类，也是中国久负盛名的珍贵食用菌，人工栽培已有800多年历史，是不可多得的药食同源的保健食品，被誉为"菇中皇后"，素有"山珍"美称。

在《红楼梦》中，香菇时常入菜制成美味珍馐。

"茄鲞"里有它，"豆腐皮包子"里有它，"火腿炖肘子"里有它，"酒酿清蒸鸭子"里也有它。

尤其是那道"金钱卤菇"，就是一道看起来简单但做起来颇费工夫的菜，选用的是幼小尚未开伞且形似金钱的香菇，经过十余道浸卤工艺而成，鲜香微甜，滋味醇厚，令人回味无穷。

自古以来，美食的源头都离不开优质的食材本身。月坝人做香菇美食，有着得天独厚的优势。

盛产香菇的月坝是个很特别的地方，这里地处南北气候过渡带，既有北方的天高云淡，又有南方的温婉湿润，立体特征气候明显。

在这里，森林覆盖大地，处处生机盎然，充足的阳光，充沛的雨露，洁净的土壤，造就了香菇生长的绝佳环境。

每年夏秋时节，遇到高温高湿的天气，山林间、溪水边、田野里……各类菌菇就如雨后春笋，逐年发展起来的万亩香菇产业园，更是让月坝及周边一带一跃成为"中国椴木香菇之乡"。

行走在月坝的房前屋后，你会看到这里特有的景色，家家户户的院子里、屋顶上、房檐下，都晾晒着一片片、一堆堆、一串串的香菇。

月坝人热情好客，席面上总少不了用香菇制作的可口佳肴。

精通厨艺的师傅，更是能用蒸、焖、煎、炸、焗等不同手法制作出20余道香菇菜式。

味道鲜美、香气袭人、营养丰富的香菇炖土鸡、香菇酿豆腐、香菇酿虾滑、香菇素鲍鱼、香菇烩丸子、香菇小酥肉、香菇红烧肉……一道道特色鲜明的香菇美食正吸引着四面八方的游客前来品尝。

半盏菌菇一碗香。

月坝香菇宴，鲜香的菌汤是宴席的核心。

一锅甘冽的山泉水，一把自然馈赠的食材，配以林下饲养的土鸡，文火慢炖，便可出鲜。

这是让人期待的美食，当细白的鸡肉被熬煮得软烂，撇开面上一层润如黄膏的油脂，吸溜起一勺汤水，每一口都是浓浓的满足感。开席前喝上一碗，不仅开胃，还能促进体内湿寒之气的排出。

从营养的角度讲，有句俗语说得好："宁可食无肉，不可食无菇。"

《神农本草》也有记载：服饵菌类可以"增智慧""益智开心"。

香菇富含维生素、谷氨酸和硒元素，高蛋白、低脂肪，具有补肝肾、健脾胃、益气血的功效，符合现代人食素养生的心理，也被很多人当作抗衰老和增强免疫力的"圣品"。

从食物的角度讲，生活疲惫无力的时候，唯有美食方能治愈。

曾读到梁实秋《人间有味是清欢》一书，其中有这样一段话："真正的生活者，源于对事物的无比热爱。美食带给人身体上的愉悦，爱带给人心灵上的满足，当美食遇到爱，便幻化出了人世间极致的美好。"

月坝香菇美食在给予我们生命能量的同时，也让我们通过美食的味道，去重新认识承载了对人和过去时光无限眷念的世界，并确立人与人交往的关系，带来的可能是一种情怀、一段回忆，也可能是一缕乡愁、一种人生。

"民以食为天。"中华饮食文化绵延千年，经历了从早年在野外采摘烹饪食用，到近代的零散种植开发美食菜品，再到如今通过基地生产、科技研发、精深加工这一个漫长的过程。随着香菇种植规模的不断扩大和质量效益的不断提升，让月坝的香菇生产走出了一条延链补链强链、农文旅融合发展的转型升级之路，加之各类媒体的推介报道，使得月坝香菇宴的名声日渐增长。

清风阵阵送香来。在离月亮最近的地方，一股浓郁的情愫在风中弥漫，在席间滋长，在人们心头荡漾……这一席浓香至醇的香菇宴，凝聚着月坝人几多心血，几多情感，几多希望呢？

灰搅团，酸辣地道的那个味儿

来月坝，怎能缺少一碗酸辣地道的灰搅团呢？

灰搅团的历史已不可考，传说起源于三国时期，当年诸葛亮在陕西岐山屯兵垦田时，因为久攻中原不下，又不想撤退，为缓解士兵思家情绪，便换着花样增加饮食种类，就有了这道特色饭食。只是那时不叫"灰搅团"，而叫"水围城"，大有吃饱后席卷中原、攻城略地、凯旋而归的气势。

20世纪60年代初，月坝村民生活匮乏，粮食短缺，为了解决温饱问题，常用玉米等粗粮做成各种食物果腹。灰搅团便是粗粮细作的典范之一。

制作灰搅团的过程十分讲究，首先将灶膛里冷却的草木灰用细筛筛细，再把去皮的玉米磨成米粒大小的颗粒，按照1∶1的比例搅拌均匀后，加水浸泡10个小时左右，待玉米粒入碱呈现淡绿光泽时，就用清水反复淘洗，将草木灰去尽。

然后将清洗好的玉米粒在石磨上磨成浆，倒入锅中用急火升温，同时用擀面杖在锅中先沿顺时针方向搅拌，再沿逆时针方向搅拌，这样反复使劲地搅，边搅边加点适量开水，避免受热不均导致焦煳，还可以增加黏性，提高口感。

灰搅团做得好不好，关键就在于一个"搅"字。俗话说："要得搅团好，三百六十搅。"做灰搅团是个力气活儿，越到锅中温度升高，就越需要双手抓紧擀面杖使劲搅动，直到能用擀面杖提起长丝不断，像半透明的皮筋状，灰搅团就做好了。

做好的灰搅团在停止搅拌后，还需用文火焖七八分钟，让其熟透，吃起来才会更加筋道、软糯。

灰搅团做法单一，但吃法有很多种，"水围城"、"面鱼儿"、凉拌等，各是各的味。

最常见的是"水围城"，趁热盛上一碗，加入适量猪油炒过的酸菜汤，撒上葱花，加上蒜泥，再浇上油泼辣子，随着"嗞啦"一声响，一股酸辣鲜香的味道扑鼻而来，还未品尝就已口齿生津。

刚做好的灰搅团很烫，必须晾一会儿才能开吃。吃的时候要用筷子将搅团夹成小团，裹足汤汁，从碗沿"呼噜"一口吸进嘴里，再"咕嘟"一声咽下，软糯爽滑，酸辣过瘾，回味悠长。

若是怕烫，可将其晾冷后切条，与黄瓜丝、萝卜丝等配菜一道凉拌，或者在其"扑扑"冒泡时，用漏勺漏成"面鱼儿"落入凉水盆里。漏的时候，勺抬高点儿，"面鱼儿"就细长，勺落低一点儿，就粗点儿，全凭个人喜好。

吃"面鱼儿"时，用漏勺沥干水舀到碗里，浇上汤汁食用，尤其是在夏天，凉凉地吸溜一碗，解暑降温，浑身舒坦，别有一番风味。

等灰搅团吃完，锅里粘底的"锅巴"也炕得焦黄焦黄的了，嚼起来"咔嚓咔嚓"响，酥中带脆，脆中带香，那是大人、孩子都喜爱的零食。

随着人们生活条件的改善，像灰搅团这类粗粮在各地已经慢慢变得稀少了。但在月坝，灰搅团一直传承至今，变成了一道风味小吃，它所代表的不仅仅是食物本身，更是人们对生活的无限感恩。

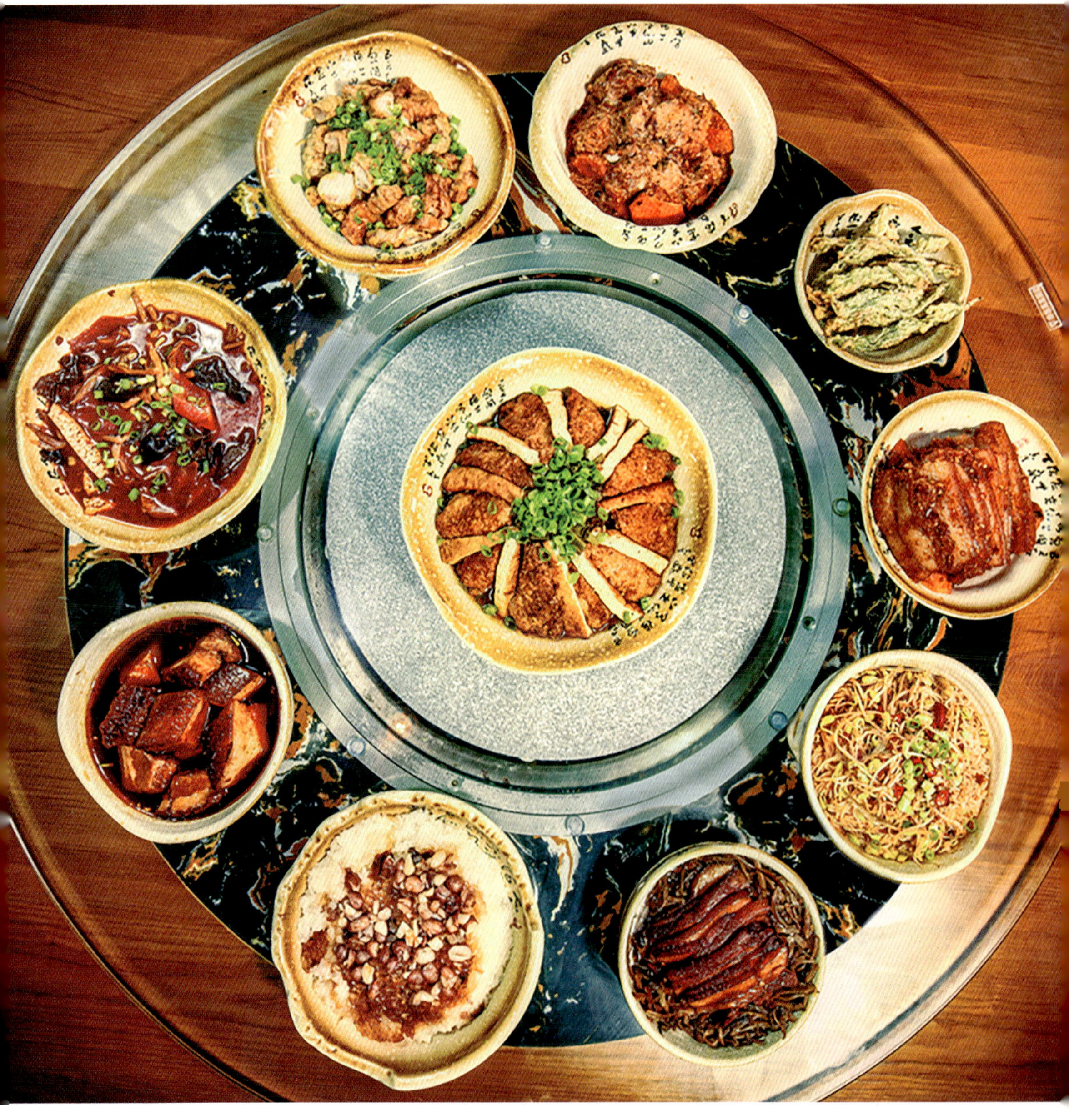

一品九碗，食一碗人间烟火

来月坝，一定要品尝一下"一品九碗"。

"一品九碗"，即"一品碗"加上"九大碗"，相传始于清康熙年间，是川北一带盛行的传统民俗宴。

月坝人将"一品九碗"看成各种宴席的上席，无论是年节寿诞，或是婚丧嫁娶，都要以此来招待至亲好友，因多摆席于农家院坝里，又习称"坝坝宴"。

"一品九碗"菜品繁多，味道酸、甜、咸、辣皆有，包含刀尖圆子一品碗，蜂蜜夹沙肉、碗碗土鸡、酥肉、石磨鲊肉、丁角子、木耳川汤、粉蒸肉、八宝糯米、酸菜豆花各一碗。

座席一般用方桌，一桌坐八人，寓意四平八稳、八方来财。上方为上席，下方为下席，两侧为旁席。上席为大，下席次之，最尊者坐上席，菜上齐后须等主席动筷后方可动筷。

席上菜肴不光菜品讲究，而且对每一个大碗都有一个美好说辞，每一道菜都有一个吉祥寓意。

比如酥肉，寓意日子过得舒适安逸。制作时需选用不肥不瘦的五花肉切成细条或薄片，再用葱、姜、八角等香料浸泡的汁水调制鸡蛋面糊，将肉放入其中腌制入味，待油温烧至六成热时，一个个入锅炸，这样炸出的酥肉色泽艳丽，香气浓郁，口感滑嫩不柴，肥而不腻。

又如蜂蜜夹沙肉，寓意"甜甜蜜蜜"。制作时先将猪肉煮至七成熟取出，趁热在肉皮上抹上蜂蜜水后晾干，再起锅烧油，下猪肉炸至板栗色捞出沥油。然后将肉改刀切成夹刀片，在中间夹入豆沙，整齐码入碗内，铺上糯米饭后上笼蒸。蒸好的夹沙肉白里透红、红里透亮、鲜香甜糯，最受老人和孩子喜爱。

还有压轴大菜——刀尖圆子，寓意团团圆圆、幸福美满。制作时以豆腐为主料，配以肉末，用刀尖刮至柳叶状，入锅炸至金黄色捞出，再另外起锅将胡萝卜丝、木耳丝、黄花菜翻炒后加入鲜汤，放入圆子烹煮。煮好的圆子像花瓣一样层层叠叠地码着，泛着诱人的香气，尚未品尝，已是惊艳。

酸菜豆花是地道的本土美食，用传统技艺发酵的酸菜水点出酸水豆花，加入豆芽和酸菜煮汤，入口酸爽开胃，就连豆花上每一个细密小孔都浸透了浓浓的酸爽滋味。若是佐以红油蘸料，一口进嘴，滋味妙不可言。

碗碗土鸡滋补养生、汤鲜味美，粉蒸肉米粉油润、嫩而不糜，石磨鲊肉、丁角子、木耳川汤、八宝糯米也极具特色，各有风情。

"一品九碗"的传承技艺，是多少农家宴席传承人终其一生的梦想。他们守着生于斯长于斯的村庄，守着一方水土里的乡邻乡情，在一席又一席的烟火食味里，不负此生。

"四方食事，不过一碗人间烟火。"想当年，逢年过节，亲朋满堂，母亲亦是摆上一桌丰盛的宴席。井边汲水洗菜，厨下烹炒蒸煮，堂前招呼客人，哪一样事不是尽心尽意。

市井长巷，聚拢是烟火，摊开是人间。而今，这农家盛宴，也慢慢地成了寻常家宴。纵不遇节庆或亲友相访，亦可吃"一品九碗"，享盛宴。

往后山河远阔，不过食一碗人间烟火，饮几杯人生起落。

一碗腊猪蹄，可以慰乡愁

说起月坝的腊猪蹄，绝对是一道令人垂涎的佳肴。

每年冬至前后，农户人家开始杀年猪，之后用新鲜的猪蹄来制作腊猪蹄。

用新鲜猪蹄制作腊猪蹄，得先抹上食盐、花椒等调料，并对其进行充分揉搓，然后放置在大盆里腌制数日，让其自然脱水一部分，同时让盐分充分穿透肉质，避免发臭变味。

腌制后就是熏制，熏制的柴火是有讲究的，一般选用刚从树上砍下的柏树枝，用小火煨烟慢慢熏制，等到肉皮变色、水分烘干后，柏树枝独特的清香也就掺杂到肉质里。

熏制后的猪蹄一般挂在灶头或火塘上方，每次做饭、烧火时随着火苗燃烧升起的袅袅烟气，日复一日地将猪蹄由里及外一层层熏个透彻，大约经过一个多月的时间，肉质就会变得紧实、干爽，真正有了人间烟火味。

经过腌制、烘熏后的腊猪蹄，浸染了盐巴和时光的味道，于不急不躁的岁月中慢慢风干，于微风吹拂中逐渐精劲，于烟火缭绕中滴落多余的油脂，颜色变得黑里透红、红里发亮，肉质也变得紧实细致、熏香浓郁，可以搭配多种食材烹制，尤其适合炖汤。

炖汤的配菜有很多选择。月坝人常常根据自己的喜好搭配竹笋、香菇等山货，或是自家菜园里的莴笋、豆角、萝卜等时令蔬菜。

这些配菜当中，干豇豆是炖腊猪蹄的最佳组合。采摘豇豆一定要选择新鲜没有鼓籽的嫩豇豆，这样晒出的干豇豆，用温水泡发，和着腊猪蹄一炖，储藏的阳光气息便散发出来，满锅柔香，吃起来软而不糜，有嚼劲儿。

萝卜炖腊猪蹄也是很多人的喜爱。"冬吃萝卜夏吃姜"，萝卜的清甜遇上腊猪蹄的油润，经过慢火炖煮，相互吸收和融合，萝卜里透着熏香味儿，腊猪蹄咸香里透着清新，有健脾养胃、补中益气的功效，非常适合秋冬食用。

在炖煮的过程中，腊猪蹄在汤水的浸润下逐渐变得丰满起来，汤汁也慢慢变成了奶白色。那可不是油脂，而是胶原蛋白的颜色。

猪蹄含有大量的胶原蛋白和甘氨酸，食用后不仅能美容养颜、延缓衰老、增加皮肤的弹性，还可以缓解困扰老年人的神经衰弱、失眠等症状，尤其适合术后恢复和体虚者食用。

腊猪蹄作为腊味中的硬菜，在月坝人的生活中占据重要地位，不仅是舌尖上的传统美食，还包含着一种浓浓的乡土气息，代表着一种独特的地方风俗。

在物资匮乏的年代，腊猪蹄只在逢年过节，或者家中添丁、贵客临门时才取出来享用，带给人们从年头忙到年尾的最好慰藉，并激励着人们向着美好生活不断前进。

如今，随着生活水平不断提高，腊猪蹄早已不再是稀罕之物。但是，它的味道仍像被风干的往事一样，凝聚了山的味道，风的味道，阳光的味道，同时也是烟火、时间与人情的味道。

尤其是近年来，随着乡村旅游和电商的发展，月坝人将腊猪蹄在内的众多农特产品，作为联农带农的增收产业，从家庭作坊式的熏制模式，逐步转向合作社规模化、精细化加工，走出了大山，受到越来越多人的喜爱。

有人说，人的胃是有记忆功能的，一个人在年少时吃的美食，在他的味觉里留下深深的烙印，即使长大了，也难以忘记。远离家乡的人，每当尝到这种特殊的味道时，就会唤醒对家乡、对亲人的无限回忆，而这种回忆便是每一个游子难以割舍的乡愁。

正所谓：一碗腊猪蹄，可以慰乡愁。

心若在，味道就在。在一碗腊猪蹄的香味里，没有回不去的故乡。

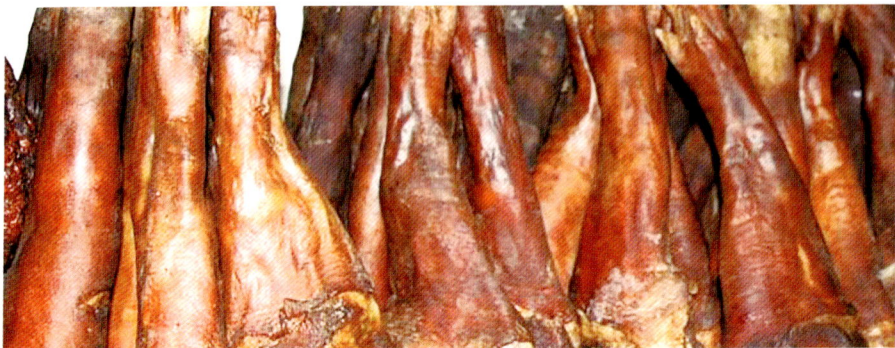

一杯竹根酒，可以慰风尘

盛夏丰盈，万物生光。

掩映在月坝山林溪谷之中的罗家老街，这时节正是花枝的芬芳，烟火的日常，是"花间一壶酒"里我们与生活相遇时的模样。

月坝村民的生活离不开酒，婚丧嫁娶、节日庆典、乔迁新居……以酒为礼，对酒当歌，别具风味的酒文化，将月坝人对时光和岁月的感恩沉淀在一杯竹根酒里。

天朗气清日，微风轻拂，沿着青石板路漫步在罗家老街，坊巷间尽是人间烟火，淡淡的竹根酒香萦绕在空气里，令人闻香而知酒味，未饮已至微醺。

罗家老街早年不过是一条巷，因紧挨着商贾往来的麻柳古道，巷子两旁就成了村民居住的地方，"竹根酒"最早的酒窖就在这里，至今已有百余年历史。

常年飘香的竹根酒，采用高粱、小麦、苦荞、玉米4种谷物作为主要原材料，以传统工艺进行发酵、蒸煮、封坛、窖藏……百年的传承，匠心的酿造，10余名本地酿酒师傅娴熟的手法丝毫不输顶级的酿造大师。

酿酒之水取自山间溪谷，一条条溪流从山腰、陡坡、石缝中流出，途经月坝特有的地层和漫山遍野天然箬竹林海密密麻麻的竹根过滤，水的硬度适中，能促进酵母快速平衡发酵，形成清香醇和、口感细腻、绵甜净爽的酒质，"竹根酒"也因此得名。

冬至酿酒，谷雨藏酒。藏酒纳福，是竹根酒生产的一项重要仪式。酿酒师傅以陶坛装酒，陶坛内独特的"微氧"环境和坛内酒液的"呼吸作用"，促使酒液在贮存的过程中不断陈化老熟，历久弥香。

近年来，随着乡村旅游的发展，竹根酒的销量不断攀升，酿酒师傅在传统技艺的基础上发挥了更多美学创造。他们在酿造过程中加入蜂蜜、红薯、青梅等原料，不断增添酒的色彩，调和酒的口感，丰富酒的香气。竹根酒入口唇齿流香，进喉荡气回肠，饮后回味悠长，如清风拂面、月朗星疏般酣畅美好。

不得不说，千百年来生活在这里的月坝村民，用独特的酿造工艺，将五谷的精魄藏身于酒中，让人在品尝之后，更加热爱生活，享受生活，去追寻生命中的美好。

花看半开，酒饮微醺。中国漫长的农耕文明，塑造了人们"温良恭俭让"的美德，也塑造了对待感情的细水长流，就像那些在酒中飘香的诗句，经得起时间的酝酿，更能化解愁思，释放心中的感怀，慰藉人生的风尘。

当32岁的杜甫遇见了43岁的李白，同样才华横溢，同样失意的两个人，纵情山水，饮酒放歌，从秋天一直玩到冬天，最后分别两地。李白不舍地写道"何时石门路，重有金樽开"，但金樽再也没能开启。杜甫也怅然写道"凉风起天末，君子意如何"，纵然再多惶恐担忧，也不过化作一声轻轻的问候，秋风萧瑟，凉风又起，不知道你现在过得如何，处境还好吗？

白居易和元稹一生交好，每年三月三相约去曲江游玩，分别后时常回忆二人"花下鞍马游，雪中杯酒欢"的往事，最后元稹去世，白居易在夜阑人静时写道"君埋泉下泥销骨，我寄人间雪满头"。诗中叹道自己梦见了元稹，梦中二人携手同游，可如今他在黄泉之下，泥土侵蚀着他的身体，或许早已化为枯骨，而自己也只是顶着满头白发暂时居住在人间。

自古以来，人们的感情，往往是遇酒而发。一杯酒，香醇热烈；一个故

事，缠绵悱恻。当我们想起那时一起喝酒的人，自然也会想起那时经历的故事，想起那些难以忘怀的往事。

朋友相聚了，是"将进酒，杯莫停"的兴奋和开心；分别了，是"劝君更尽一杯酒，西出阳关无故人"的担忧和惦念；失意了，是"花间一壶酒，独酌无相亲"的孤独和落寞。

人生如酒，氤氲繁华，既有辛辣的苦涩，也有甘甜的回味，只有不断地品味，才能体味到不同的滋味。香醇也好，苦涩也罢，我们身在其中，只有经历过浮沉，才开始懂得。喝酒是一种生活态度，也是一种生活方式。

于是，在一年中最热的日子里，不妨来月坝寻一处清凉，用一杯酒的时光，静静品味生活，听风声划过耳旁，看溪水缓缓流淌……或是与好友推杯换盏，把酒言欢，诗酒趁年华，均悦己悦人。

生活的样子本该如此，怡然之间，有酒为伴，不急不躁，随遇而安。

第五辑

安之若宿

有小院一方，藏着诗和远方

正月十五，此心安处是吾乡

花前月下，与美好不期而遇

星空露营，许你一场星月浪漫

观山悦舍，这世界远比想象中宽阔

清风·云居：心不染尘埃，清风自然来

有小院一方，
藏着诗和远方

　　小院，从来都不只是一种建筑形式，而是一种文化、一种情怀，是世人心中的奢想之地。

　　清代诗人郑板桥曾说过："欲筑一土墙院子，门内多栽竹树草花……清晨日尚未出，望东海一片红霞。薄暮斜阳满树，立院中高处，便见烟水平桥。家中宴客，墙外人亦望见灯火。"

　　世人皆钟爱小院，就在于它兼顾了世人的念想：一半烟火，一半诗情。进有家人邻里的欢声，退是一人独享的烟水红霞。

　　在月坝，不论是桂花小院、麻柳小院、望月小院，还是罗家院子、王家院子、老街院子，都是这样的存在。

　　漫步在月坝罗家老街上，古朴的街巷商贸兴荣，一座座川北特色的庭院依山而建，傍水而居，将天人合一的哲学理念诠释得淋漓尽致。

那一个个坐落于老街深巷里的院子，闹中取静，深厚而沉静，仿佛是再寻常不过的巷陌人家。

一家老小，或三五好友相约来到这里，觅一处小院，不用太大，也不必太过奢华，静可读书，闲可喝茶，佳客来时可清话。在那些闲暇禅思的片刻里，以一颗闲心，淡观世间风景；以一份闲趣，尽享浮世清欢。

随风声，随花香，随烟火气，一树，一瓦，一亭，一榭，一回廊，一天井，都是曼妙的风景。

居一所好院，享一方篱落，一树花开，一轮明月，一缕炊烟，就能把简单的日子过成理想的生活。

譬如月坝游客接待中心旁的桂花小院，因四周被桂花树环绕，每到八月金风送爽，就有满院暗香浮动，沁人心脾。院子分前后两院，36间特色房间安静清幽，装饰精美舒适，院内引流地下泉水形成"回"字形水景观，其间穿插花圃、石径，山风吹来，花香弥漫，流水潺潺，落地式大窗将田园风景尽收眼底，缥缈如人间幻境。

又如位于罗家老街中心位置的王家院子，是一座书香古色的两层天井民居院落，以本家姓氏而得名，内设9间大床房，合院式造型，适宜3～4家人休闲聚会、避暑养心。还有相邻的罗家院子，有各式房间30间，在一楼房间外还单独布置了户外小院，精致优雅。

清晨起来，看细碎的阳光从屋檐悄悄滑过，落在草木上，栖在衣袖间，抑或是在花前树下，捧一本闲书，开卷掩卷，静坐冥想，任斑驳光影在地上缓缓移动，一颗心不再慌乱，有所定，有所安……

夜晚，凭栏浅酌，看月儿慢慢爬上梢头，疏疏帘幕透进淡淡月影，随风浮动，些许隐约，些许浪漫，令人不禁怀疑似在梦中。

中国园林大师陈从周在《说园》里写道："园之佳者，如诗之绝句，词之小令，皆以少胜多，有不尽之意，寥寥几句，弦外之音犹绕梁间。"

回想数年之前，月坝启动美丽乡村建设，将人、房、田、村、山、水有机融为一体，在集体经济组织的带动下，将闲置农房翻新，改建成民宿群，百余名村民在一个个小院的憧憬里，发展起了乡村旅游产业，让古老的村庄焕发出新的活力，演绎着"诗与远方"的故事。

而往来院中驻足之人，或暂避城市生活的喧闹，或萌生回归乡居生活之愿，或仅仅是因为一条街、一间房、一席山水，便不舍离去。

有时，我们对小院的执着，只是对美好生活的向往。

雨打芭蕉，烛照海棠，小酌微醺，月明星稀……在月坝，若能栖居一方小院，可在偷得浮生半日闲里，"蹴罢秋千，起来慵整纤纤手"；可在窗下饮茶读书，远处青山在望，浮云来去；可在庭院深深深几许里，感受到"春有百花秋有月，夏有凉风冬有雪"的禅意空灵。

四方小院，其实并无多大，但内心丰盈的人，却能拥有整个世界。

正月十五，
此心安处是吾乡

关于民宿，你的印象是什么？

是旅途中的一个休憩之所，还是寄情于山水的浪漫情怀，抑或是对一种生活方式的探索？

每个人的心中，大抵都有一个田园梦吧。有山有水，有几间精致的小屋，过着"榆柳荫后檐，桃李罗堂前"的闲适生活。

人生的旅途也好，怡然山水的浪漫也罢，总有茫然、疲惫的时刻。

此时此刻，我们需要一个家，而坐落在近月湖畔的"正月十五"月光大院，就是我们旅途疲惫时的心安之所。

　　如果你来，我们就去寻一间可以望山见水的房间，一起推窗感受清新的空气扑面而来。

　　晨昏午后，伴着山间鸟鸣嘤嘤，我会认真倾听你的欢喜或是落寞，然后与你慢慢聊起这里每一座山峦、每一间屋舍、每一株草木的前世今生。

　　曾几何时，这里还是10余户村民的集中安置点，因建于两山相接的间隙空地，地形有坐怀"椅子弯"形象之说，每逢农历十五，月亮在山间升落。

　　后来，村上成立了富民专业合作社，将安置点打造成为特色民宿，取名"正月十五"月光大院，这里便成了追风赏月、休养身心的绝佳场所。

　　变身为民宿的月光大院，数栋独具特色的川北民居依山就势、高低错落地分布着，白墙青瓦，木栅花窗，穿梁斗拱，分户连片，背山面水，掩映在青山绿水之间，一砖一瓦，一石一景，一花一草，光影回转，皆是风情。

青砖铺就的小径两旁，蔬菜满园，瓜果飘香，朝有百鸟争鸣，暮有清风竹影，俨然一处清幽质朴的世外桃源，让人心生安宁。

清晨，炊烟袅袅升起，房前屋后，鸡犬相闻，草木芳菲，是令人沉醉不已的田园光阴，诗情画意里又带着尘世间的烟火气息。

当你将视线缓缓移向远方，就会看见不远处的近月湖弥漫着淡淡云烟，宛若透明的纱绡，笼罩着逶迤起伏的青山。

走出房间，可爬黄蛟山看霞光万丈的奇景，可沿近月湖随风而行，可到湖畔那棵百年老树下聆听风吟，也可在暖风中荡着秋千，看阳光透过枝叶，在青草地上留下斑驳的倩影。

当一朵云漫过头顶，就闭上眼睛，在风里轻轻地飘，悠悠地荡，仿佛回到了曾经，回到了遥远记忆里那个童年的小山村。

到了夜晚，可在花前月下，仰望星空，期待遇见那抹璀璨的星光。

可在大院里的月光广场升腾起一堆篝火，看火苗在泛着清寒的月色里肆意舞动，每一朵都洋溢着温暖和欢乐。

可在古色古香的茶室里，回归通透的方式，细啜慢饮，乐享平淡、纯粹、含蓄的生活……

美好的生活总是令人憧憬，就像诗和远方的田野。

在月坝这个携了山的灵气、水的温润，可以让人沉稳、沐心，一觉睡到自然醒的地方，如果您来，难免会在湖光山色的梦境里，遇见故乡的那间瓦屋，并在那里邂逅一棵树、一只鸟、一朵花、一个果，甚至一座山、一条河、一个你、一个我，多美的意境呀。

梦归田园，乡归何处？此心安处是吾乡。

厌倦了城市的喧嚣，想回归田园生活的人们，大多是在外打拼多年的游子吧，想到归处也就自然想到了故乡。

人生的路，走走停停。有些地方，即使走过千百回，仍是看过就忘却了的风景；有些地方，只需邂逅一次，便执意与之相守，地老天荒。

或许，无论何处，皆可为故乡。

只要初心还在，那盏灯还在，那些人还在，那样的温暖还在。

宿在"正月十五"月光大院，向心找回自我。

每个人都不是过客，而是归巢的倦鸟。

花前月下，与美好不期而遇

花前月下。

山一程，水一程。走进山林、溪谷、湖畔、星空，在花前月下大酒店，遇见春天的花、夏天的雨、秋天的风、冬天的雪。

把世界存放于季节深处，风起时寻找答案。

走进花前月下大酒店，就走进了令人无比神往的中国"月文化"。

从古至今，月亮一直是美好事物的象征，有着高远、朦胧和静谧的意境，更是寄托人们无限情思的载体。

不论是李白的"花间一壶酒，独酌无相亲。举杯邀明月，对影成三人"，或是唐寅的"花正开时月正明，花如罗绮月如银。溶溶月里花千朵，灿灿花前月一轮"，还是苏轼的"春宵一刻值千金，花有清香月有阴"，林逋的"疏影横斜水清浅，暗香浮动月黄昏"……无一不令人陶醉其中。

步入酒店大门，首先映入眼帘的是嘉月楼，作为酒店"十二楼"的主楼，"嘉月"之名取自古人对农历十二个月中的正月别称。一元复始，万象更新，如日初升，其道大光，充满希望，称正月为嘉月，寓意吉祥美好。

嘉月楼中的问月厅、聚月厅、邀月厅和宴月厅，是求知问道、朋友相聚的好去处。静坐其中一隅，尽享湖畔慢生活，守着一案山水，一窗月影，一帘花影，等一场微雨，听一树鸟鸣，倾情万种，翩翩又动人。

当你与团队在此交流工作时，近月湖的鹭鸟正低低掠过水面……当你轻轻搅动一杯咖啡时，一缕烟云恰好漫过树尖……当你翻开一本书，聆听一曲音乐，抑或是享受一份美食时……若这世间真有无与伦比的美好时光，眼前所见的便是了。

在嘉月楼两侧，望舒苑和月华苑两个组团式合院坐拥近月湖优美的湖岸线，依山傍水，结茅筑圃，花竹森然，呈现水天一色、碧波盈盈的诗意。

"望舒"一词出自《楚辞》，是中国神话传说中的月亮女神，"望舒苑"有"月神居住的地方"之意，亦有望天空云卷云舒、悠然自得的意境。

"月华"即"月光"。取自张若虚《春江花月夜》中"此时相望不相闻，愿逐月华流照君"，意指我们互相望着天上的月亮却听不到彼此的声音，多么希望追随着月光流淌到你身边照耀着你。

春之昼，秋之夕，夏之荷，冬之雪。

一年一轮回，一月一变换。岁来十二月，月月成诗韵。

望舒苑和月华苑中分布着十一栋公寓和洋房，与主楼嘉月楼遥相呼应，对应农历十二个月余下的十一个月的雅称，分别称之为杏月、桃月、槐月、榴月、荷月、兰月、桂月、菊月、阳月、葭月、梅月，并以"居"为缀，有"山水草木，居者安宁"之意。

一花一宿，诗意栖居。不同居所院落的名称代表着不同月份盛开的花儿，从中可体悟到生命之轮的生生不息、欣欣向荣，以及古代天文历法蕴含的圆满无缺、圆融无碍和"天人合一"的哲学智慧。

世间繁华三千，不如一隅清欢。

住进湖畔的独栋小院，湖光山色尽收眼底。在悠闲的时光里，亲近自然，放空自我，阵阵微风扑面而来，感受内心的宁静，在一呼一吸间，整个人仿佛融化在这一片水天之间。

当夜晚来临，风在朦胧月色里，做着蔷薇花的梦。斜倚在小院的花树下，遥望天空一轮明月，看湖面闪烁着点点星光，享受着超然尘外的安逸美好。

倘若还有无处安放的情愫，莫如托付给那轮清辉皓月。

"昼听笙歌夜醉眠，若非月下即花前。"

坚持内心的美好，就要像汪曾祺先生在《人间草木》中所写："一定要爱着点什么，恰似草木对光阴的钟情。"

在这里，当月亮与山水结合，山水就有了神韵；当月亮与花结合，花就有了多情浪漫；当月亮与人结合，人就有了无限憧憬。

花前，月下，水云间，采满这世间的温柔，与明月清风同赠予你。

星空露营，许你一场星月浪漫

有多久没有仰望过宁静的夜空？没有看过星星的样子了？

在奔忙的间隙，是时候来一场回归自然的露营之旅，拥星河入怀，枕山水入眠，在山野、湖泊、草地、花丛、虫鸣之间，许你一场"夜幕低垂，繁星满天，手可摘星辰"的星月浪漫。

当晚霞染红了天边，在近月湖畔的星空露营基地，择一块柔软翠绿的草坪，撑一张天幕，搭一顶帐篷，支一台烤炉，摆几张舒适的椅子，一场仲夏夜的露营刚刚开场。

从黄昏降临到月亮升起，暮色渐渐模糊了山野的轮廓，灯串次第亮起，星星在云朵之间闪烁，远处的山，近处的水，足下的草坪，以及草甸里逐渐热闹的蛙鼓虫鸣，都让人感到舒适、惬意和悠然。

夏夜短暂，星河璀璨，美味的食物和美好的场景都值得被记录，草坪追风，湖畔烧烤，把酒言欢，把所有的美好和浪漫都刻进脑海里，做一个肆意欢乐的人。

当夜色阑珊时，大家开始烤串、唱歌、干杯，在微醺中倾诉畅谈……食物在烤盘里冒出的嗞嗞声，美妙动听的歌声，四处洋溢的欢笑声……将夜晚的气氛烘托得刚刚好。

星空下的露营之夜，自然少不了露天电影的加入。

开阔的草地上，一块白色幕布，一个放映机，一台音响，就能营造出一场光与影的视觉盛宴。

当幕布搭起，光影闪烁，一部部温情的经典电影呈现在眼前。山中的月落乌啼，身畔的蛙鼓虫鸣，都融进这场独一无二的观影体验。

迎着湖面吹来的习习晚风，放松地躺在露营椅上，无拘无束，自由自在，电影画面的美好，有了这温柔场景的衬托，也变得更加深入人心。

当月色剖开一枚清露，满天的繁星将童心唤回，想起儿时夏夜炎热，母亲在故乡小院里铺上一张凉席，人往上面一躺，一把蒲扇带来丝丝凉意。她轻声为我们讲述嫦娥奔月的故事，还不忘告诫不能手指月亮，不然会被割耳朵的禁忌。我们仰头望着星星，从一数到十，再从十数到一百……

幼时单纯，不懂人间聚散，安于山野里小村庄，与繁华外界，无多往来。夜里常见的，则是仰望夜空中群星闪烁，到草丛里捕捉萤火虫，然后枕着一帘月色安然入睡……而今，再也不能像儿时那样，把月亮装进神秘故事里，把星星数进梦里。

梦里，一颗星星落下。心在旷野里等待风声。

恍惚间，母亲的声音在不远处响起，我仿佛看见了幼时的自己。

此刻，该有流萤飞过了，该有蒲扇摇起了，嫦娥奔月的故事也该讲完了。

夜色渐深，四野寂静，人群渐渐安静下来，回到温暖的帐篷中独享一方小天地，体会露营之夜的独特魅力。

睡在漫天星空下，与自然为邻，看星星悬挂在夜空之中，感受拂面而来的晚风，轻触夜间点点星光，捕捉藏在微风中的欢喜。风也浪漫，水也浪漫，星空也浪漫，月光温柔无边。

观山悦舍，这世界远比想象中宽阔

山川湖海，天地与爱。

一种生活过久了，总想出去走走。

换个地方，换种风景，来一场说走就走的旅行？

寻一处静谧清新之所，读一本书，沏一壶茶，听一帘风雨，在落日余晖里看月亮升起，在半个梦里看繁星满天。

旅行的意义，不仅仅是行走，还在于停留，在于遇见各种美好。

而民宿的意义，就是为旅行增添各种美好。

"少无适俗韵，性本爱丘山。"

很多时候，我们身在城市，却心向山林。

在月坝，一座名叫"观山悦舍"的民宿在墅境中绽放，在山谷间自然生长，推窗见青山云雾，卧榻闻竹林清风，落雨则烹茶听雨。

从人间闹市到山间闲居，在心中认领一片空灵的境地，用不慌不忙的笔墨，以山水入画，或以花鸟题诗，让生命回归自然，把生活过成喜欢的模样。

月下清凉，风来溪谷。

好的民宿，是散落在日升月落里的人间烟火。

择一方庭院，屋舍之畔有篱笆、翠竹、藤蔓、虫鸣之属。

在此间，看草木葱茏，山花团簇，盈一眸清远，升一缕炊烟，酌一杯清欢，月影、花影与人影，撩动一帘幽梦里的影影绰绰。

就这样，学会释然，学会与生活里的遗憾握手言欢，无拘无束，浅笑安然。

静在心，不在境。安静与内心丰富并不冲突。

我们阅历世事，行走人间，把身心寄于世外山林，既不害怕孤独，也不害怕人群，人生最好的境界，就是内心的富足与安宁。

在这里，安然于山石草木之间，静静将一本书翻至尾页，微风从眼前拂过，枝头的树叶沙沙作响，佳木繁荫却又古韵悠长，正应了林语堂笔下"宅中有园，园中有屋，屋中有院，院中有树，树上见天，天中有月"的境界，让人得悠闲，遂忘凡尘心。

对于居住美学的理解，可从孔子的"闲居"谈起，表达的是人在闲适状态，身心与道相应，故而神色和悦，从容自然，让人如沐春风。

从"悠然见南山"的隐逸，到"庭院深深深几许"的幽静，"观山悦舍"深谙文化传承之道，这里的每一座小院都将建筑美学与自然气韵结合，一砖一瓦、一檐一壁、一花一木都是清雅、宁静、闲适生活的回归，蕴藏着"天人合一"的理念，越是接近这个理念，你越会发现，闲居生活，能让我们凝听内心的声音，它会告诉你，这世界远比想象中广阔。

人世浮沉，高涨有之，低沉有时，把闲情赋予生活，把闲居留给自己，是对生命最好的馈赠。而一方庭院，是闲居生活最好的载体。

"结庐在人境，而无车马喧。问君何能尔，心远地自偏。"当年陶渊明辞官归隐，薄田数亩，草屋几间，从此过上了躬耕田园的生活。

还有《牡丹亭》里的杜丽娘，曾说一生爱好是天然，偏爱游园，于芍药花前，遇见手持杨柳的俊俏书生，从此为他生生死死，死死生生。

想来，古人对一方庭院的情深，远胜拘泥于凡尘的我们。

"珍重芒溪溪畔水，汝归沧海我归山。"清豁禅师告诉我们，心之所向，便是归宿。

你有你的风景，我有我的旅程；你去往你的沧海，我去向我的山林；山

若是不向我走来，我便向山走去。

诗人顾城也说，他的心是一座小小的城，小得只能住下一个人。

随着年岁渐长，才慢慢懂得删繁就简，一点一点往回收，渴望回归到最初的本真。

而你，是否亦如是，余生只想寻一方庭院，吃茶读闲书，听雨看落花，过闲适人生。

然后，对这钟爱的世界，道一句晚安。

清风·云居：心不染尘埃，清风自然来

　　杨绛先生曾说，我们曾如此渴望命运的波澜，到最后才发现，人生最曼妙的风景，竟是内心的淡定与从容。

　　人生悲欣交集。我们都是行走于时光的人，如果觉得累了，就暂时放下吧。于山水间择一处诗意栖居，无须盛装，亦无须掩藏，做回最真实的自己。

山石寂静，居者安宁。在月坝罗家老街旁的半山处，就掩映着这样一处静谧之所，名曰"清风·云居"。

这里青山巍巍、溪水潺潺。

民宿占地面积近6000平方米，现有客房8间，所用木、石、花、草皆取自当地，房间装饰生态自然，在素雅静谧的山居环境中，一切都是那么和谐而富有禅意。

院落清幽宁静，田园阡陌，曲径通幽，一方池塘泛着粼粼光影，处处透出典雅质朴、闲适舒心的格调。

数座玲珑雅致的亭阁，白色纱幔随风轻舞，与蓝天、白云、青山、碧野构成一幅美好的治愈系风景。

"豆蔻连梢煎熟水，莫分茶。枕上诗书闲处好，门前风景雨来佳。"步入室内，选一方茶台，投茶，注水，出汤，斟茶。

在安静沉缓的时光里，望一望远方的天空，闻一闻山野的花香，听一听林间的鸟鸣，静享坐对空山的孤独时光，像一棵树那样慢慢生长。

有人说，人生是一段孤独的旅途，成长就是学会与孤独相处。

在这里，一砖一瓦，一草一木，一亭一阁，相识也好，陌生也罢，它们就在那里，不悲不喜，不来不去。

也有清风铺满庭院，偶尔牵扯你的衣角，等你专注的目光。

比如秋千微微、鸟鸣啾啾、竹风习习……山中的一切似乎都在期待与你相逢。

朴素的，自然的，平实的，或许才是能与我们长久相守的。

落座于原木餐桌前，很多记忆里的山野美食让人回味隽永。

一份简单的手撕包菜，清脆爽口，鲜香开胃。

野山菌炖土鸡，软烂入味，汤汁浓郁，每一口都是最乡土、最天然的滋味，暖胃又暖心。

心不染尘埃，清风自然来。

终于明白，真正的宁静不在于山水，而在于自己的内心。

当夜幕降临，四周万籁俱寂，便宿在林间木屋，独守一隅安宁。

透过宽大的玻璃窗，满眼星辰闪烁，月亮是天幕噙着的一滴泪。

山间瓦屋人家，温暖泛黄的灯光，在习习晚风里风情万种，有一种生怕惊动世人的温柔，让所有疲惫的身心都能得以歇宿。

人归草木，心归朴素。

人生在世，欢乐有时，悲伤有时，亦如花开有时，凋谢有时。无论是自然风物，还是岁月人生，让生活删繁就简，恰到好处，才能愉悦人生。

清居山间，便是对生活最好的滋养。"清风·云居"不仅仅是一处民宿，更似一首诗，四时风物，万般风雅，皆可入诗。

闲暇时光居于此，喝茶读书，只闻花香，不言悲喜。

见山见水，终是照见真实的自己

"澹然空水对斜晖，曲岛苍茫接翠微。"能让晚唐诗人温庭筠流连忘返并赋诗称赞的正是素有"女皇故里""川北门户"之称的利州。

这里历史悠久，文化厚重，是中国历史上唯一的女皇帝武则天的诞生地，迄今已有2300多年建城史。

这里区位独特，交通便捷，是京津冀——成渝主轴和西部陆海新通道的重要节点，正加快建设全国性综合交通枢纽和国家物流枢纽承载城市。

这里生态优良，宜居宜养，是国家园林城市、中国人居环境范例奖城市，正在加快建设大蜀道国际文化旅游目的地和康养度假胜地游客集散消费中心。

认识利州，来到利州，爱上利州，没有前因，无关风月，只是行走其中，采撷万物风光，柔软的风会不断拨弄心头的那根弦。

月坝——这颗镶嵌在利州秀山丽水间的璀璨明珠，明月如镜，映照千年岁月，被誉为"离月亮最近的地方"。

来到月坝，攀一座山，穿一片林，听幽幽鸟鸣，观层峦叠翠，体验"会当凌绝顶，一览众山小"的自信豪迈；守一座湖，倚一棵树，看微风吹过湖水，泛起层层涟漪，领略"云青青兮欲雨，水澹澹兮生烟"的浪漫诗意。

在山水之间随遇而安，捧一本书，看一朵花，赏一片云，温一盏岁月的茶，让清香致远，尘烟袅袅，日子便有了烟火的味道。无须太过惊艳，只要发自内心的热爱，就可以长久驻足，温暖如斯，寂静安然。

见山见水，终是照见真实的自己。

作为一名农业农村工作者，在推动乡村振兴的过程中，我记不清多少次穿行于月坝的纵横阡陌，我亲身经历、亲眼见证了月坝的深刻变迁，而这片土地上的乡亲们，他们生活的转变，他们执着的坚守，他们殷切的期盼，都令我辗转难安，不吐不快。作为生命个体，我感到很自豪，也十分珍视这个伟大时代赋予我的生命体验。

新时代乡村大地风起云涌，山河浩荡。但无论乡村物质如何丰富，社会怎样发展，都离不开文化与历史的积淀。乡村文明是中华民族文明史的主体，村庄是这种文明的载体。我们应该以慎重的态度、深切的情感去面对和理解乡村的赓续发展。月坝作为利州发展全域旅游，加快建设大蜀道国际文化旅游目的地和康养度假胜地游客集散消费中心的缩影，成功走出了一条农文旅融合发展的乡村振兴新路径。于是，我试图通过一种回归传统、回归自我内心的视角，去审视历史与文化的融合，探寻其内在的发展动力，寻找与发现乡村之美。

《离月亮最近的地方》是我的第三本书，这本书历时两年，书写的是散落在月坝山水里的光阴。

这两年，我时常利用周末时间，去寻访隐逸在月坝山水里的慢时光，感知季节的冷暖，记录生命的风景，追忆人间的深情。

我总是会为月坝的山水、草木、人文、风物所深深动容。早春的柳，从鹅黄到嫩绿，倚着小桥流水；古朴的街巷，弥漫着火烧馍、竹根酒的味道，雨水滴滴答答落下来，有清凉的质地；静谧的湖水倒映着漫天云影，懂你的行色匆匆、奔波追梦，许你四季澄澈、心如止水……

这些美好都在这本书里以文字、照片的形式向你呈现，而这一切的起因，皆为人与人之间有着最深厚的情谊，人与万物亦然。

能成此书，诚挚感谢中共广元市利州区委、区人民政府的鼎力支持。

感谢利州区委宣传部、广元市利州区利元国有投资有限公司等部门单位的指导和帮助。

感谢四川大学文学与新闻学院院长、中国现代文学研究会副会长、四川省作家协会副主席李怡教授倾情作序，殷切鼓励。

感谢利州这片给予我生命滋养的土地，以及以梦为马、逐梦前行、让我感怀不已的父老乡亲们。

山水，草木，最是无言与深情。

诚愿手捧这本书的你，能在浮华的世界里，修得一颗草木心，把每一寸光阴都过成自己喜欢的样子。

在"离月亮最近的地方"，如果你也刚好看到月亮落在湖水里，浸湿星星的眼眸，或者一朵云缓缓飘过那棵山楂树，那就当作是我们的见面吧。